운명을 지배하는 힘

제임스 앨런 지음 | 이 원 옮김

James Allen

문예출판사

초대하지 않았는데도

우리에게 다가오는 축복과 저주는

우리 스스로가 내뱉은 소리들이

반사되어 울려 퍼지는 메아리다.

머리말

물질세계에서 진화의 법칙을 발견한 인류는 바야흐로 정신세계에 존재하는 인과법칙을 파악할 준비가 되었다.

인간의 생각은 그 생각이 구체화된 물질적 형태들만큼이나 질서정연하고 점진적으로 발전한다. 물질세계의 세포와 원자뿐만 아니라 인간의 생각과 행위 속에도 누적적이고 엄선된 에너지가 가득 채워져 있다.

생각과 행위의 영역에서는 선한 것이 살아남는다. 그것이 '가장 적합한 존재'이기 때문이다. 따라서 악한 것은 궁극적으로 소멸한다. 물질세계에서처럼 정신세계에서도 원인과 결과의 '완벽한 법칙'이 모든 것을 아우르는 원리임을 알게 되면, 개인과 인류의 궁극적 운명에 관한 염려를 내려놓을 수 있다.

인간은 자기 운명의 하인인 동시에
주인이기 때문이다.

자연의 법칙에 관한 지식을 터득해가고 있는 인간은 정신의 법칙에 관한 지식 또한 획득하게 될 것이다. 사람들이 무지하여 한때 악한 것을 선택한다 하더라도 지혜가 생겨나고 자라남에 따라 결국에는 선한 것을 선택하게 될 것이다.

이러한 법칙의 세계에서 인류가 궁극적으로 악을 정복하리라는 것은 확실하다. 이별과 슬픔, 패배와 죽음 같은 운명의 소소한 가지들은 위풍당당하게 악을 정복하는 위대한 운명에 이르기 위한 단련의 단계에 불과하다. 우리 각자는 영원한 평화의 안식처가 되어줄 영광의 사원을 자신도 모르는 사이에 짓고 있는 것이다. 비록 그 손은 찢기고 그 몸은 고생스러울지라도 말이다.

오, 운명이여! 그대는 더 이상 음울하지 않도다.
그대는 더 이상 암담하거나 무섭지 않도다.
한때 그대는 죽은 자들로 둘러싸인
비극의 나라에 앉아 있었으나

나 이제 인류에게 친절하고 공정한 그대를 보노라.

그대의 당당한 이마에는

빛과 아름다움이 서려 있도다.

1부
운명을 지배하라

2부

평화에 이르는 길

1부

운명을 지배하라

행위와 성격, 운명의 관계

개인과 국가의 향배를 결정짓는 불가사의하고 외부적인 힘인 숙명이나 운명에 대한 믿음이 사람들 사이에 폭넓게 존재해왔다. 이 믿음은 인생에서 벌어지는 일들에 대한 오랜 관찰에서 나온 것이다. 사람들은 자신의 힘으로 통제할 수 없는 특정한 사건들이 있다는 것을 안다.

예컨대 태어나고 죽는 것은 우리 힘으로 어찌할 수 없으며, 인생에서 벌어지는 많은 사건들 또한 마찬가지다. 사람들은 특정한 목표들을 달성하려고 애쓰지만 자신의 영역을 넘어선 어떤 힘의 존재를 점차 알게 된다. 그 힘은 그들의 보잘것없는 노력을 좌절시키고 그들의 헛된 분투를 비웃는다.

사람들은 인생을 살아가면서 자신이 이해할 수 없는 이 압도적인 힘에 굴복하게 된다. 그들은 고작해야 그 힘이 자신과 자신을 둘러싼 세상 속에 남겨놓은 결과만을 알 뿐이며 그것을 신이나 섭리, 숙명이나 운명 같은 다양한 이름으로 부르는 것이다.

시인이나 철학자같이 사색하는 사람들은 한 발짝 물러서서 이 신비로운 힘의 움직임을 관찰한다. 그 힘이 한 손으로는 자기가 좋아하는 이들을 끌어올리고 다른 손으로는 희생자들을 내동댕이치는 것을 지켜보는 것이다.

위대한 시인들, 그중에서도 특히 서사극을 쓴 시인들은 현실 속에서 관찰한 이 힘을 작품 속에 녹여 놓았다. 대체로 그리스와 로마의 극작가들은 자신의 운명을 예지하는 주인공들이 그로부터 벗어나려고 발버둥치는 모습을 묘사한다. 하지만 그 주인공들은 오히려 그런 노력 때문에, 자신이 그토록 피하고자 했던 파국을 향해 맹목적으로 돌진하게 된다.

한편 셰익스피어 작품의 인물들은 현실의 인간들처럼 자신의 특별한 운명을 미리 알지 못하는 것으로 묘사된다. 비록 어렴풋하게 예감은 할지라도……. 그러므로 시인들은 이렇게 말하는 것이다. 작품 속 인물들은 자신의 운명을 미리 알든 모르든 그것을 피할 수 없으며, 그들이 하는 의식적이거나 무의식적인 행동은 모두 그 운명을 향해 나아가는 걸음일 뿐이라고.

중세 페르시아의 시인 오마르 하이얌의 시 〈움직이는 손가락〉은 운명에 대한 이런 견해를 생생하게 표현하고 있다.

움직이는 손가락은 끊임없이 써왔고
지금도 쓰고 있다.
그대의 어떤 연민으로도 그대의 어떤 기지로도
그 손가락이 쓰는
단 한 줄의 문장도 돌이키지 못한다.
그대가 아무리 많은 눈물을 흘려도
그 속의 한 단어도 지우지 못한다.

그러므로 모든 나라와 모든 시대의 사람들은 자신의 삶 속에서 바로 이 보이지 않는 힘 또는 법칙의 작용을 경험해왔으며, 그 경험은 오늘날 다음과 같은 간결한 격언 속에 응축되어 있다. "인간은 작정하고 신은 결정한다."

운명 대 자유의지

모순처럼 보일 수도 있지만, 자유 행위자로서 우리가 가진 책임에 대해서도 폭넓은 믿음이 존재한다.

모든 도덕적 가르침은 진로를 선택하고 운명을 개척하는 우리의 자유를 긍정하고 있다. 또한 인류가 목표를 성취하기 위해 끈질기고 지칠 줄 모르는 노력을 기울여왔다는 사실은 자신이 가진 자유와 힘을 인식하고 있다는 점을 분명히 보여준다. 운명과 자유에 대한 이 같은 이중적 경험은 숙명론자들과 자유의지론자들 사이에서 끝없는 논쟁을 야기해왔다. 이 논쟁은 최근에 '결정론 대 자유의지'라는 이름 아래 되살아났다.

겉보기에 상충하는 두 극단 사이에는 균형이나 정의, 혹은 보상이라는 '중도(middle way)'가 항상 존재한다. 중도는 양극단을 포함하고 있지만 어느 한쪽이라고 잘라 말할 수는 없는 것이다. 중도는 양극단을 조화롭게 만들 뿐만 아니라 양극단이 만나는 접점이기도 하다.

진리는 편파적일 수 없다. 오히려 그것은 태생적으로 양극단을 화해시키는 역할을 한다. 그러므로 우리가 논의하고 있는 주제에 있어서도 운명과 자유의지라는 두 극단을 긴밀하게 연결해주는 '중용(golden mean)'이 있다. 이런 관점에서 보면 인간의 삶에서 부인할 수 없는 이 두 가지 요소가 실상은 하나의 중심 법칙이자 모든 것을 아우르는 통합적인 원리인, 도덕의 영역에서 작동하는 인과법칙의 두 가지 측면이라는 사실이 잘 드러난다.

자유의지는 원인이고 운명은 결과다

도덕에서의 인과법칙은 운명과 자유의지, 즉 개별적인 숙명과 개별적인 책임 둘 다를 필요로 한다. 원인의 법칙은 동시에 결과의 법칙이어야 하며 원인과 결과는 항상 동등해야 하기 때문이다. 물질계와 정신계 모두에서 인과의 사슬은 언제나 균형 잡혀야 하며, 그에 따라 언제나 공정하고 완벽해야 한다. 그러므로 모든 결과는 미리 운명 지어진 것이라 할 수 있다. 하지만 결과를 사전에 결정하는 힘은 원인이지 자의적인 의지의 명령이 아니다.

우리 각자는 인과의 사슬에 얽혀 있다. 우리의 삶은 원인과 결과로 이루어져 있다. 우리의 삶은 파종이자 수확인 것이다. 우리의 행위 하나하나는 결과에 의해 균형이 잡혀야 하는 원인이다. 우리는 원인을 선택하지만(자유의지) 그 결과를 선택하거나 변경하거나 회피할 수는 없다(운명). 따라서 자유의지는 원인을 작동시키는 힘이며, 운명은 결과와 관련되어 있다.

그러므로 우리 각자가 특정한 결말에 이르도록 미리 운명 지어져 있지만 정작 자기 스스로 그런 명령을 내렸다는 것은 명백한 사실이다. 또한 우리가 스스로의 행위를 통해, 돌이킬 수 없는 선한 결과와 악한 결과를 초래했다는 것도 사실이다.

성격은 자신이 저지른 행위의 산물이다

이 대목에서, 사람들은 자신이 한 행위에 대해 책임이 없다는 주장이 나올 수 있다. 행위는 자신의 성격이 만들어낸 결과이며, 그들은 좋건 나쁘건 태어날 때부터 부여받은 성격에 대해 책임이 없다는 말이다. 만일 성격이 '태어날 때부터 주어진 것'이라면 이런 주장이 타당할 것이다. 그렇다면 이 세상에는 어떠한 도덕법칙도 없을 것이고 도덕을 가르칠 필요도 없을 것이다. 하지만 성격은 완성된 상태로 주어지는 것이 아니라 시간의 흐름에 따라 진화하는 것이다. 성격은 실로 도덕법칙 그 자체의 산물이다. 즉 자신이 저지른 행위의 산물인 것이다.

성격은 수없이 많은 행위들이 결합된 결과물이다. 실제로 성격이란 엄청난 시간이 흐르는 동안 거듭된 수많은 생애에 걸쳐 각자가 쌓아온 행위들이 축적된 것이다. 이러한 행위의 축적은 질서정연한 진화의 과정에 따라 느리게 이루어진다. 어떤 남자나 여자가 이 세상에 태어나는 것, 그리고 그들이 자신의 책임과는 무관하게 미리 정해진다고 여기는 복잡한 성격은 여러 차례의 전생에서 자신이 쌓은 업보에 따라 결정되는 것이다.

우리 각자는 자신이 하는 행위의 주체이며, 따라서 자신의 성격을 만드는 존재이기도 하다. 행위의 수행자이자 성격의 제작자인 우리는 자신의 운명을 주조하고 형성하는 존재다. 우리는 자신의 행위를 수정하고 변경할 힘을 가지고 있으며, 매번 행동할 때마다 자신의 성격을 수정하게 된다. 좋은 쪽으로든 나쁜 쪽으로든 성격을 수정함으로써 새로운 운명을 스스로 결정하는 것이다. 이 운명은 자신이 행한 행위에 따라 재앙이 되기도 하고 이익이 되기도 한다.

성격은 운명 그 자체다. 행위들의 고정된 결합체인 성격은 그 행위들의 결과를 자신의 내부에 품고 있다. 이 결과물은 성격의 어둡고 구석진 곳에 도덕적 씨앗으로 숨어 있으면서, 발아하고 성장하고 열매 맺을 시기를 기다린다.

운명은 자신의 행위를 기록한 장부 같은 것

어떤 사람에게 벌어지는 일들에는 그 사람 자신이 반영되어 있다. 우리의 뒤를 쫓아오는 운명은 노력으로도 피할 수 없고 기도로도 막을 수 없으며, 우리 각자가 행한 잘못된 행위들에 대한 배상을 요구하고 강제하는 무자비한 악귀다. 초대하지 않았는데도 우리에게 다가오는 축복과 저주는 우리 스스로가 내뱉은 소리들이 반사되어 울려 퍼지는 메아리인 것이다.

선한 사람이 적을 사랑하게 되고 증오와 분개와 불평을 넘어서는 것은 모든 사물들의 안팎에서 작동하는 완벽한 법칙에 대한 이러한 지식 덕분이다. 그리고 인간의 삶에서 작용하면서 그것을 조율하는 완벽한 정의에 대한 이러한 지식 덕분이다. 그는 자기가 받아야 할 몫만이 자신에게 돌아올 수 있다는 것을 안다. 비록 그가 자신을 박해하는 사람들에게 둘러싸여 있다 하더라도, 그들은 단지 완벽한 인과응보의 법칙을 맹목적으로 수행하는 하수인이라는 것을 알고 있다. 따라서 그는 박해자들을 비난하지 않는다. 자신의 행위를 기록한 장부를 묵묵히 받아들이고 자신의 도덕적 채무를 참을성 있게 갚아나간다.

그러나 이것이 다는 아니다. 그는 자신이 진 빚을 갚을 뿐만 아니라 더 이상 추가적인 빚을 지지 않으려고 조심한다. 잘못된 행동을 하지 않도록 스스로를 지켜본다. 이를테면 불량 계좌를 청산하는 동시에 우량 계좌를 만들고 있는 것이다. 그는 자신이 저지른 잘못들에 종지부를 찍음으로써 악과 고통을 종식시키고 있다.

운명은 정확한 원리에 의해 작동한다

이제 행위와 성격을 통해 운명을 극복하는 특별한 경우들 속에서 인과법칙이 어떻게 작용하고 있는지 고찰해보기로 하자. 먼저 우리는 현재의 삶을 살펴볼 것이다. 현재란 과거 전체의 종합이며, 어떤 사람이 생각하고 행했던 모든 것의 최종 결과가 그 속에 담겨 있기 때문이다.

때때로 선량한 사람이 실패를 겪고 비양심적인 사람이 성공한다는 것은 주목할 만한 사실이다. 이는 사필귀정에 관한 모든 도덕적 기준을 무시하는 것처럼 보인다. 이 때문에 많은 사람들은 인간의 삶에서 정의로운 법칙이 작동한다는 사실을 부정하며, 심지어 바르지 않은 사람들이 대체로 성공한다고 단언하기도 한다. 그럼에도 도덕법칙은 존재하며, 얄팍한 결론들 때문에 변경되거나 훼손되지 않는다.

우리는 모든 사람이 변화하고 진화하는 존재라는 것을 기억해야만 한다. 선량한 사람이 늘 선량하지는 않고 나쁜 사람이 늘 나쁘지는 않다. 전생까지 거슬

러가지 않고 현생만 보더라도, 지금 올바른 사람이 예전에는 올바르지 않았던 경우가 많았다. 지금 친절한 사람이 예전에 잔인했고 지금 순수한 사람이 예전에 불순했던 경우 또한 많았다.

이와 마찬가지로, 지금 바르지 못한 사람이 올곧았고 지금 잔인한 사람이 친절했으며 지금 불순한 사람이 순수했던 경우도 많았다.

따라서 지금 불행 속에 허우적거리는 선량한 사람은 과거에 그 자신이 뿌렸던 사악한 씨앗의 결과물을 수확하고 있는 것이다. 언젠가 그는 자신이 지금 뿌리고 있는 선량한 씨앗의 행복한 결과물을 수확하게 될 것이다. 비록 나쁜 사람이 과거에 자신이 뿌렸던 선량한 씨앗의 결과물을 지금 수확하고 있지만, 언젠가 그는 자신이 지금 뿌리고 있는 나쁜 씨앗의 결과물을 수확하게 될 것이다.

그러나 현생에서 우리가 지금 보는 결과들의 타당한 원인들을 분명하게 찾을 수 없다면, 그것은 전생에서 비롯된 것이다. 어떤 존재가 수많은 탄생과 죽음을 통해서 겪는 진화의 전체적인 과정은 하나의 길고도 연속된 인과의 사슬로 간주될 수 있다. 그것은 파괴될 수 없으며 항상 성장하고 변화하면서 상승하는 하나의 삶으로 간주될 수 있다.

성격은 스스로 형성한 습관들의 조합

사람의 개성은 고착된 마음의 습관이며 행위의 결과물이다. 수없이 반복된 행동은 무의식적이거나 자동적인 것이 된다. 그것은 행위자의 측면에서 어떤 노력을 기울이지 않아도 반복되는 것처럼 보인다. 그러므로 그에게는 그 행위를 하지 않는 것이 불가능한 것처럼 느껴지고, 하나의 정신적 특성이 된다.

따라서 어떤 사람의 타고난 성격은 앞선 삶들의 진화 과정 속에서 생각과 행위를 통해 스스로 형성한 습관들의 조합이다. 그리고 현생에서의 노력에 따라 그의 성격은 장차 좋은 쪽으로든 나쁜 쪽으로든 수정될 것이다.

여기에 직장에서 밀려난 가난한 사람이 있다. 그는 정직한 데다가 게으름뱅이와는 거리가 멀다. 그는 일하기를 원하지만 일자리를 구할 수 없다. 열심히 시도해보지만 계속해서 실패한다. 그의 운명에서 정의는 어디에 있는가?

이 사람에게도 할 일이 많았던 시기가 있었다. 하

지만 그는 그 일을 부담스러워했고 갈수록 나태해졌으며 편안함을 갈망했다. 아무 할 일이 없다면 얼마나 즐거울까 하고 생각했다. 자신에게 주어진 축복에 감사하지 않았다. 이제 편안함에 대한 욕망은 충족되었지만 너무나 달콤할 거라 생각해서 갈망했던 그 열매는 그의 입 안에서 한 줌 재로 변해버렸다.

아무 일도 하지 않는다는 목표는 달성되었지만, 바로 그 지점에서 그는 자신에게 던져진 교훈을 철저히 배울 때까지 머물러 있어야 한다. 그는 습관적인 편안함이 모멸스러운 것이고, 아무 할 일이 없다는 것은 불쾌한 상태이며, 일은 고귀하고 신성한 것이라는 교훈을 확실하게 배우고 있는 것이다.

자신이 과거에 욕망하고 행동했던 것들이 그를 지금 위치로 데려다주었다. 그리고 이제, 일을 향한 그의 열망과 끊임없이 일자리를 찾으려는 그의 노력은 분명히 유익한 결과를 초래할 것이다. 더는 한가로움을 바라지 않기 때문에 그가 처한 현재의 조건은 곧 사라지고 일자리를 갖게 될 것이다. 만일 그의 온 마음이 일에 맞춰져 있고 다른 어떤 것보다 그것을 열망한다면, 주체할 수 없을 정도로 일이 몰려올 것이다. 일은 모든 방향에서 흘러들어 올 것이며, 부지런히 애쓰면 그는 성공하게 될 것이다. 그때가 되어서도 인간의 삶에 적용되는 인과법칙을 이해하지 못한다면, 그는 명백히 추구하지도 않은 일이 왜 자신에게 들어오는지 의아해할 것이다. 그 일을 강렬하게 추구하는 타인들은 그것을 잡지 못하는데도 말이다.

열매의 달콤함은 씨앗 단계에서 결정된다

초대하지 않았는데 오는 것은 없다. 그림자가 있는 곳에 그 그림자의 본체 또한 있기 마련이다. 특정인에게 오는 것들은 그 자신이 행했던 행위들의 산물이다. 즐거운 마음으로 기울인 부지런한 노력은 더 큰 노력으로 이어져 성공을 가져다준다. 게으름을 피우거나 불만에 찬 마음으로 행한 노력은 더 낮은 수준의 노력으로 이어져 실패를 가져다준다. 그리하여 우리가 지금 보고 있는 다양한 삶의 조건들이 생겨난다. 이는 각자의 생각과 행위가 초래한 운명이며 결과인 것이다.

무척이나 다양한 성격들 또한 마찬가지다. 성격은 행위라는 씨앗이 자라나 성장한 것이기 때문이다. 이런 씨뿌리기는 눈에 보이는 지금의 삶에만 국한된 것이 아니다. 그것은 수많은 탄생과 죽음이라는 관문을 가로지르고 무제한적인 미래로까지 이어지는 무한한 삶을 관통한다. 그리하여 각자가 뿌린 행위라는 씨앗의 수확물을 거두어 달콤한 열매와 쓴 열매를 맛보는 것이다.

그러므로 사람들이 죽으면 자신의 행위에 따라 '천국이나 지옥에 간다'는 것은 문자 그대로 진실이다. 그러나 그 천국과 지옥은 이 세상에 있다.

부를 남용했거나 사기나 강제라는 수단으로 부를 획득했던 부자는 가난하고 수치스러운 환경에 다시 태어난다. 자신이 소유한 작은 재산을 현명하고 이타적으로 사용했던 가난한 사람은 풍요롭고 영예로운 환경에 다시 태어난다. 잔인하고 불의한 자들은 가혹한 역경 속에 다시 태어나는 반면, 친절하고 의로운 자들은 친절한 마음과 부드러운 손길로 자신을 지켜보고 보살펴주는 사람들이 있는 곳에 다시 태어난다. 이처럼 우리는 스스로 행한 모든 악덕과 미덕에 따라 자신의 몫을 받게 되고 각자의 운명을 맞이한다.

인생은 인격을 성장시키는 학교다

윤회를 믿지 않는 이들조차, 인간은 자신이 뿌린 것을 현생에서 거의 틀림없이 수확한다는 사실을 발견하게 될 것이다. 또한 사회 개혁가들과 정치 개혁가들이 당리당략만을 추구하기보다 사람들의 인격을 성장시키는 일에 더 많은 주의를 기울이게 될 시기가 분명히 다가오고 있다.

개인들이 스스로 뿌린 대로 거두는 것처럼 개인

들의 공동체인 국가 또한 스스로 뿌린 대로 거둔다. 국가는 그 지도자들이 의로운 사람들일 때 위대해진다. 의로운 사람들이 사라질 때 그 국가 또한 망하고 만다. 권력을 잡은 사람들이 좋은 쪽이든 나쁜 쪽이든 국민 전체에게 본보기가 되기 때문이다.

한 국가 내부에서 고결한 인격을 바탕으로 입지를 세운 일련의 정치가들이 등장하여 그 국가가 가진 에너지들을 덕성의 문화와 인격의 계발로 돌리게 할 때 그 국가의 평화와 번영은 위대해진다. 그들은 각 개인의 근면과 인격, 고결함을 통해서만 국가적 번영을 진전시킬 수 있다는 것을 알기 때문이다.

쏜살같이 스쳐가는 운명들을 조용하면서도 한 치의 오류도 없이 그 직조자인 사람들에게 할당하는 '위대한 법칙'은 흔들림이 없다. 그 운명들이 눈물로 얼룩져 있든 웃음을 머금고 있든 상관없이…….

인생은 인격의 성장을 위한 위대한 학교다. 모든 사람들은 악덕과 미덕, 성공과 실패, 갈등과 분투를 통해 느리지만 분명하게 지혜의 교훈들을 배우고 있는 것이다.

기억해야 할 자기통제의 과학

우리는 과학의 시대에 살고 있다. 몇천 명에 이르는 과학자들은 지식의 발견과 증대를 위해 끊임없이 탐구하고 분석하고 실험하고 있다. 공공 도서관과 개인 서재의 책장마다 과학을 주제로 한 책들이 묵직하게 자리 잡고 있다. 현대 과학의 놀라운 성취는 늘 우리 앞에 펼쳐져 있다. 집에서든 거리에서든, 시골에서든 도시에서든, 육지에서든 바다에서든 현대 과학이 만들어낸 멋진 도구들이 우리의 안락함을 더하거나 이동속도를 높여주거나 일손을 덜어주고 있는 것이다.

그러나 엄청나게 축적된 그 모든 과학적 지식과, 발견이나 발명의 영역에서 놀랍도록 급속하게 성취물들이 증가하는데도 이 시대에 거의 잊혀버릴 정도로 쇠퇴한 과학의 분과가 하나 있다. 그것은 다른 모든 과학들을 합친 것보다 더 중요한 과학이며, 그것이 없다면 다른 모든 과학들이 이기심이라는 목적에만 봉사함으로써 인류의 파괴에 기여하게 되는 그런 과학이다. 나는 그것을 자기통제(Self-control)의 과학이라고 부른다.

자연과학자와 마음의 과학자

현대의 과학자들은 자신의 외부에 있는 요소들과 힘들을 통제하고 이용하려는 목적으로 그것들을 연구한다. 고대인들은 자신의 내부에 있는 요소들과 힘들을 통제하고 이용하려는 목적으로 그것들을 연구했다. 그리하여 그들은 이 방면에서 너무나 강력한 지식의 스승들을 배출했다. 그러한 스승들은 오늘날까지도 마치 신처럼 존경받고 있으며, 이 세상 방대한 종교 조직들은 그들이 성취한 것들에 기반을 두고 있다.

자연 속에 있는 힘들이 아무리 경이롭다 하더라도, 그것들은 인간의 마음을 구성하고 있으며 맹목적이고 기계적인 자연의 힘들을 지배하고 지휘하는 지적인 힘들을 합친 것보다는 턱없이 부족하다. 그러므로 격정과 욕망, 의지와 지성이라는 내면적인 힘들을 이해하고 통제하고 지휘한다는 것은 사람들과 국가들의 운명을 장악하는 것이라는 결론이 나온다.

보통의 과학에서처럼 이런 마음의 과학에도 성취의 단계들이 있다. 그러므로 인간은 자기통제에 있어 훌륭한 정도만큼 지식과 자기 자신, 그리고 세상에 대한 영향력이란 측면에서도 훌륭해진다.

외부적인 자연의 힘들을 이해하고 지배하는 사람은 자연과학자지만 마음이 가진 내적인 힘들을 이해하고 지배하는 사람은 마음의 과학자다. 외부적인 현상들에 관한 지식을 획득하는 데 작동하는 법칙들은 내적인 진리에 관한 지식을 획득하는 데에도 작동한다.

어떤 사람이 몇 주나 몇 달, 아니 몇 년을 노력한다 하더라도 뛰어난 과학자가 될 수는 없다. 고통스러운 탐구로 여러 해를 보낸 뒤라야 비로소 그는 권위를 가지고 발언할 수 있으며 과학의 대가들 가운데 당당히 자리매김할 수 있다. 이와 마찬가지로, 어떤 사람이 짧은 시간 내에 자기통제의 능력을 획득함으로써 그것이 부여하는 지혜와 지식을 소유하게 되는 것은 불가능하다. 이는 여러 해에 걸친 끈질긴 노력에 의해서만 가능한 일이기 때문이다. 이때의 노력은 침묵 속에서 이루어지고 타인들이 알아주지 않기 때문에 더더욱 힘겹다. 그러므로 마음의 과학을 추구하려는 사람은 혼자 서는 법을 배워야 하며, 외면적인 이익에 관한 한 아무런 보상 없이도 노력하는 법을 배워야 한다.

과학의 다섯 단계

자연과학자는 전공 분야의 지식을 획득함에 있어 다음과 같은 순차적인 다섯 단계를 따른다.

❶ **관찰** : 그는 자연 속의 사실들을 면밀하고도 끈질기게 관찰한다.

❷ **실험** : 반복적인 관찰에 의해 특정한 사실들에 대해 알게 된 다음, 그는 자연법칙들을 발견할 목적으로 그 사실들을 가지고 실험을 한다. 그는 자신의 탐구 대상인 사실들을 엄밀하게 분석함으로써 무엇이 무용하고 무엇이 가치가 있는지 알아낸 뒤, 전자를 배제하고 후자를 유지한다.

❸ **분류** : 수많은 관찰과 실험을 통해 일군의 사실들을 축적하고 입증한 다음, 그는 그 사실들을 분

류하기 시작한다. 이는 그 사실들의 근저에 있는 어떤 법칙을 발견하기 위해, 그리고 그 사실들을 지배하고 통제하고 구속하는 통합적이고 숨은 원리를 발견하기 위해 그 사실들을 질서 정연한 집단으로 배열하는 것을 뜻한다.

❹ **추론** : 추론이라는 네 번째 단계에서 그는 자기 앞에 놓인 사실들과 결과들에서 변하지 않는 운동 양식들을 발견하고 그에 따라 사물의 숨은 법칙들을 드러낸다.

❺ **지식** : 특정한 법칙들을 입증하고 구축하고 나면, 그는 자신의 분야에 대해 뭔가를 안다고 말할 수 있다. 이제 그는 과학자, 즉 지식을 가진 사람인 것이다.

그러나 아무리 위대한 과학적 지식을 성취한다 해도 그것 자체가 목적은 아니다. 사람들은 자기 자신만을 위해서라거나, 어두운 상자 속의 아름다운 보석처럼 마음속에 비밀스럽게 간직하기 위해 지식을 획득하는 것이 아니다. 그러한 지식의 목적은 그것을 사용함으로써 사람들에게 봉사하는 것이며 이 세상의 안락과 행복을 증대시키는 것이다. 따라서 어떤 사람이 과학자가 되었을 때 그는 자신이 가진 지식의 혜택을 세상에 제공하고, 자신이 기울인 노력의 결과물을 인류에게 헌정한다. 그러므로 지식 너머에는 사용이라는 추가적인 단계가 있다. 획득한 지식을 올바르고 이타적으로 사용하며 공익을 위한 발명에 응용하는 단계가 바로 그것이다.

내적인 영역을 탐구하는 마음의 과학자

앞에서 열거한 다섯 개의 단계 혹은 과정이 순차적으로 이루어진다는 점, 그리고 그 가운데 하나라도 빠트리는 사람은 과학자가 될 수 없다는 점을 명심해야 한다. 예컨대 첫 번째 단계인 체계적 관찰을 하지 않고서는 자연의 비밀에 관한 지식의 영역에 발도 들여놓지 못할 것이다.

이런 지식을 탐구하는 사람은 먼저 사물들로 이루어진 하나의 세계와 맞닥뜨린다. 그는 이 사물들을 이해하지 못한다. 실제로 그중에서 많은 것들은 양립할 수 없을 정도로 상충하는 것처럼 보이며 그 속에는 명백한 혼란이 존재한다. 하지만 끈질긴 노력으로 이 다섯 단계들을 따라가다 보면 그 사물들의 질서와 본성과 정수를 발견하게 되며, 그것들을 조화로운 관계 속에서 엮고 있는 중심적인 하나의 법칙 혹은 복수의 법칙들을 파악함으로써 혼란과 무지에 종지부를 찍게 된다.

자연과학자에게 적용되는 일이 마음의 과학자에게도 벌어진다. 그는 자연과학자와 똑같은 자기희생적인 근면함을 가지고, 자기 자신에 대한 지식과 자기통제를 획득하는 다섯 단계를 밟아야 한다. 이 다섯 단계는 자연과학자의 경우와 마찬가지지만 그 과정은 뒤바뀌어 있다. 그의 마음은 외부의 사물들에 집중하는 대신 스스로를 향하게 되며, 물질의 영역이 아니라 마음의 영역에서 탐구가 이루어진다.

마음에 관한 지식을 탐구하는 사람은 먼저 그가 자기 자신이라고 부르는 욕망, 정념(情念), 감정, 이상, 관념의 덩어리와 직면하게 된다. 이것이 그가 하는 모든 행동의 기초이며 이것으로부터 그의 삶이 앞으로 나아간다. 이처럼 보이지는 않지만 강력한 힘들이 결합된 덩어리는 혼란스러워 보인다. 겉으로 보기에 그 힘들 가운데 일부는 서로 직접적인 대립 관계에 놓여 있으며 어떠한 타협의 조짐이나 희망도 보이지 않는다. 그의 마음과, 그 마음에서 파생된 그의 삶은 많은 주변 사람들의 마음이나 삶과도 평탄한 관계를 맺고 있지 않은 것 같다. 대체로 그의 마음속에는 기꺼이 탈출하고 싶은 고통스럽고 혼란스러운 상태가 존재하는 것이다.

마음의 과학자가 밟아야 할 다섯 단계

그러므로 마음의 과학자는 자신이 무지하다는 것

을 통렬하게 깨닫는 일에서부터 탐구를 시작한다. 연구나 노력 없이도 자연에 관한 지식 혹은 마음에 관한 지식을 이미 소유하고 있다고 확신하는 사람은 결코 그런 지식을 획득할 수 없을 것이기 때문이다. 스스로의 무지에 대한 그러한 자각과 더불어 지식에 대한 열망이 나온다. 자기통제라는 영역의 초심자는 다음과 같은 다섯 단계로 이루어진 상승의 경로로 접어든다.

❶ **자기 성찰** : 이것은 자연과학자의 관찰과 아주 비슷한 것이다. 마음의 눈이 마치 탐조등처럼 마음속에 있는 내면의 대상들을 비추면, 미묘하고 항상 변화하는 마음의 움직임은 주의 깊게 관찰되고 기록된다. 자신의 본성을 이해하기 위해 이기적인 만족에서, 그리고 세속적인 쾌락과 야심이

주는 흥분에서, 이처럼 한 걸음 물러서는 것이 자기통제의 시작이다.

❷ **자기분석** : 관찰이 완료된 마음의 성향들은 면밀한 조사를 거친 뒤 분석이라는 엄격한 절차를 통과하게 된다. 이 단계에서 고통스러운 결과들을 낳는 악한 성향들은 평화로운 결과들을 낳는 선한 성향들에서 분리된다. 특정한 행동들을 수반하는 다양한 성향들과, 이런 행동들에서 예외 없이 생겨나는 명확한 결과들이 점차적으로 이해되기 시작한다. 이렇게 구축된 이해력은 그러한 성향들과 결과들의 신속하고도 미묘한 상호작용과 심오한 파장을 따라잡을 수 있게 된다. 이는 시험과 검증의 과정인 동시에 탐구자 자신이 시험받고 검증받는 시기다.

❸ **적응**: 이 단계에 이르면 마음의 과학을 공부하는 학생은 자기 본성의 모든 성향과 측면을 분명하게 보게 된다. 마음속 가장 깊은 충동들과 가장 미묘한 동기들에 이르기까지 직시하게 된다. 이제는 자기 탐구의 불빛으로 비춰보지 않고 탐험하지 않은 지점이나 구석이 남아 있지 않다. 그는 자기 마음의 연약하고 이기적인 지점과 강하고 고결한 특성을 모두 파악하게 된다.

타인들이 보는 것처럼 자기 자신을 볼 수 있는 사람은 높은 지혜를 가진 것으로 간주된다. 하지만 자기통제를 실천하는 사람은 이것을 넘어 한 걸음 더 나아간다. 그는 타인들이 보는 것처럼 자신을 볼 뿐만 아니라 있는 그대로의 자신을 본다.

따라서 그는 남들이 모르는 그 어떤 결점도 외

면하려 애쓰지 않고 자기 자신과 직면한다. 더 이상 입에 발린 달콤한 말로 스스로를 방어하지 않는다. 자기 자신 혹은 자신의 힘을 과소평가하거나 과대평가하지 않으며 더 이상 자화자찬이나 자기 연민에 휘둘리지 않는다. 그는 자기 앞에 놓인 과업의 완전한 규모를 직시하고, 자기통제의 높은 수준을 분명하게 가늠하며, 그에 도달하기 위해 무슨 일을 해야 하는지를 알고 있다.

그는 더 이상 혼란 상태에 빠져 있지 않다. 사유의 세계에서 작동하는 법칙들을 이해했기 때문에 이제는 자신의 마음을 그 법칙들에 적응시키기 시작한다. 이것은 풀을 뽑고 땅을 고르고 청소하는 과정이다. 마치 농부가 풀을 뽑고 청소를 함으로써 작물을 위한 경작지를 준비하는 것처럼 마음의 과학을 탐구하는 사람은 자기 마음에서 악이라는 잡초를 제거하고 그 마음을 청소하고 정화함으로써, 질서 잡힌 삶이라는 수확을 낳게 될 올바른 행동의 씨앗을 뿌릴 준비를 한다.

❹ **정의** : 고통과 즐거움, 불안과 평화, 슬픔과 환희를 만들어내는 정신적 활동의 영역에서 작동하는 이런 부차적인 법칙들에 생각과 행위를 적응시키고 나면, 그는 이제 하나의 위대한 중심 법칙이 그 법칙들과 결부되어 있다는 것을 인식하게 된다. 이것은 마치 물질세계에서 중력의 법칙이 그런 것처럼 마음의 세계에서 작용하는 최상의 법칙이다. 이것은 모든 생각과 행위를 복속시키는 법칙이며, 모든 생각과 행위를 규제하고 제자리를 지키게 만드는 법칙이다. 이것은 보편적인 동시에 최상인 정의

의 법칙이다. 그는 이제 이 법칙을 따르게 된다.

외부의 사물들에 자극받고 움직이는 자연처럼 맹목적으로 생각하고 행동하는 대신, 그는 자신의 생각과 행동을 이 중심 원칙에 종속시킨다. 그는 더 이상 자아가 시키는 행동이 아니라 올바른 것(보편적이고 영원히 올바른 것)을 행한다. 그는 더 이상 자신의 본성과 환경의 천한 노예가 아니라 그 주인이다. 그는 더 이상 자기 마음이 발산하는 힘들에 이리저리 휘둘리지 않는다. 오히려 그 힘들을 통제하고 유도하여 자신의 목적을 달성하는 데 사용한다. 이처럼 그는 자신의 본성을 통제하고 복속시키며, 정의로운 법칙에 반하는 생각과 행위를 하지 않는다. 그러므로 그는 강하고 침착하며 평화롭다.

❺ 순수한 지식 : 그는 바르게 생각하고 바르게 행동함으로써, 마음을 형성하는 토대인 신성한 법칙의 존재를 몸소 입증한다. 그 법칙은 개인과 국가를 망라한 모든 인간사의 지침이 되는 통합적인 원칙이다. 이처럼 자기통제의 영역에서 자신을 완성함으로써 그는 신성한 지식을 획득하며, 자연과학자가 그러하듯 마음에 관해 뭔가를 안다고 할 수 있는 지점에 도달한다.

그는 이제 자기통제의 과학에 통달하게 되었으며 무지에서 지식을, 혼란에서 질서를 이끌어냈다. 그는 모든 사람들에 관한 지식을 포괄하는, 자기 자신에 관한 지식을 획득했다. 그는 모든 삶들에 관한 지식을 아우르는, 자기 자신의 삶에 관한 지식을 획득했다. 모든 마음들은 (정도의 차이는 있지만) 본질적으로 같으며, 같은 법칙에 토대를 두고 있기 때문이다. 그 어떤 개인이 행하든 같은 생각들과 행동들은 언제나 같은 결과를 낳기 마련인 것이다.

그러나 신성하고 평화를 부여하는 이 지식은 자연과학자의 경우에서처럼 그 자신만을 위해서 주어지는 것이 아니다. 만일 지식이 그런 식으로 주어진다면 진화의 목표는 달성되지 않을 것이며, 숙성과 완성에 미치지 못하는 것은 사물의 본성에 맞지 않다. 그러므로 이 지식을 순전히 자신의 행복만을 위해 획득하려고 생각하는 사람은 아주 확실하게 실패하고 만다.

그래서 순수한 지식이라는 다섯 번째 단계 너머에는 지혜라는 단계가 하나 더 있다. 지혜란 획득한 지식을 올바르게 적용하는 것이며, 노력의 결과를 사심 없고 아낌없이 이 세상에 쏟아부음으로써 인류를 발전시키고 고양시키는 것이다.

자신의 본성을 통제하고 정화하기 위해 그 속으로 돌아간 적이 없는 사람들은 선과 악, 옳고 그름을 분명히 구분하지 못한다고 말할 수 있다. 그들은 자신에게 즐거움을 주리라고 생각하는 것들만 추구하고, 자신에게 고통을 초래하리라고 믿는 것들은 피하려고 애쓴다.

그들이 하는 행동의 원천은 자아다. 그들은 주기적으로 심한 고통과 양심의 가책을 겪어야만 단편적이고도 고통스럽게 정의를 발견할 수 있을 뿐이다. 그러나 성장의 단계이기도 한 다섯 단계를 거치면서 자기통제를 실천하는 사람은 우주를 유지하는 도덕

법칙에 따라 행동할 수 있게 해주는 지식을 획득한다. 그는 선과 악, 옳음과 그름을 알기 때문에 선과 옳음을 따라 산다. 그는 더 이상 유쾌한 것과 불쾌한 것을 고려할 필요 없이 옳은 것을 행한다. 그의 본성은 양심과 조화를 이루므로 어떤 회한도 없다. 그의 마음은 위대한 법칙과 일치되어 있으므로 더 이상의 고통과 죄가 없다. 그에게 악은 종식되었고 전적으로 선만 존재한다.

모든 결과는 원인에 연결되어 있다

모든 결과가 각각의 원인에 연결되어 있다는 것은 과학자들에게 자명한 이치다. 이것을 인간 행동의 영역에 적용하면 정의의 원리가 드러난다.

한 점 먼지에서부터 거대한 태양에 이르기까지 물리적 우주의 모든 부분에 완벽한 조화가 존재한다는 것을 모든 과학자들이 안다(지금은 모든 사람들이 그렇게 믿는다). 어디에서나 정교한 조율이 이루어지고 있는 것이다. 자기 주위를 도는 행성들과 거대한 성운들, 수많은 유성들과 혜성들로 이루어진 각각의 태양계를 거느리고 장엄하게 우주 공간을 유영하는 몇백만 개의 태양들로 구성된 항성계에는 완벽한 질서가 존재한다. 또한 무한히 다양한 형식을 지닌 생명들을 무수히 거느린 자연계에도 명확하게 정의된 특정한 법칙들이 있다. 이런 질서와 법칙의 작용을 통해 모든 혼란은 배제되며 통일과 조화가 영원히 존재하는 것이다.

만일 이런 우주적 조화가 어느 작은 부분에서라도 제멋대로 깨질 수 있다면 우주는 존속될 수 없을 것이다. 어떤 우주적 질서도 없고 오직 총체적인 혼돈만 존재할 수 있을 것이다. 법칙이 지배하는 우주에서 그런 법칙을 능가하는 어떤 개별적인 힘이 그 외부에 존재한다는 것은 불가능하다. 인간이든 신이든, 존재하는 모든 것은 그런 법칙 덕분에 존재한다. 세상에서 가장 존귀하고 위대하고 현명한 존재라도 지혜보다 더 지혜로운 그 완벽한 법칙에 대한 완전한 복종을 통해서만 자신의 지혜를 드러낸다.

눈에 보이건 보이지 않건, 모든 것들은 이 무한하고도 영원한 인과법칙에 복종할뿐더러 그 범위를 벗어날 수 없다. 눈에 보이는 모든 것들이 그 법칙에 복종하는 것처럼 눈에 보이지 않는 모든 것들도 그 법칙을 벗어날 수 없다. 겉으로 드러나거나 속에 감춰져 있는 인간의 생각과 행위 또한 그러하다.

옳은 일을 행하면 보상을 받는다.
한 가지 잘못이라도 저지른다면
그에 상응한 대가를 치러야 한다.

완벽한 정의가 우주를 유지한다. 완벽한 정의가 인간의 삶과 행동을 통제한다. 오늘날의 세상에서 볼 수 있는 다양한 삶의 조건들은 모두 이 법칙이 인간의 행동에 반응하여 만들어낸 결과다. 인간은 자신이 추진하게 될 일의 원인을 선택할 수 있고 실제로도 선택하지만, 그 결과의 본질을 바꿀 수는 없다. 인간은 자신이 하게 될 생각과 행위를 결정할 수 있지만, 그 결과에 대해서는 어떤 힘도 행사하지 못한다. 그 결과는 만사를 주재하는 법칙의 통제를 따르기 때문이다.

인간은 어떤 행동이라도 할 힘이 있지만, 그 힘의 효력은 행동이 행해짐과 동시에 종료된다. 그 행동의 결과는 변경할 수도 취소할 수도 회피할 수도 없다. 그것이 돌이킬 수 없는 것이기 때문이다. 악한 생각과 행위는 고통의 조건을 낳고, 선한 생각과 행동은 행복의 조건을 결정한다. 이처럼 인간의 힘은 자신의 행동에 제한받으며, 그의 행복과 불행은 자신의 행동에 따라 결정된다. 이런 진리를 알게 되면 자신의 삶을 단순하고 소박하고 분명하게 만들 수 있다. 모든 구부러진 길은 평탄해지고 최고의 지혜가 드러나며, 우리는 악과 고통에서 해방되는 열린 문을 인지하고 그리로 들어갈 수 있다.

삶이라는 문제의 실마리를 찾아라

삶은 산수의 계산 문제에 비유될 수 있다. 정답에 이르는 실마리를 파악하지 못한 학생에게 그 문제는 당황스럽도록 어렵고 복잡하지만, 일단 실마리를 파악하고 나면 무척이나 까다로웠던 그 문제는 놀랍도록 단순해진다.

계산을 잘못하는 데는 수많은 길들이 있지만 계산을 올바로 하는 데는 오직 하나의 길이 있다는 사실을 완전히 인식하고 깨달음으로써, 우리는 삶이 상대적으로 단순하면서도 복잡하다는 것을 파악할 수 있다. 문제를 푸는 올바른 길을 발견한 학생에게 그 문제의 복잡함은 사라지며, 그는 자신이 그 문제를 완전히 이해했다는 것을 알게 된다.

그 학생이 부정확하게 문제를 풀고 있는 동안 자신이 올바르게 풀고 있다고 생각할 수도 있지만(종종 이런 일이 벌어진다) 확신하지는 못한다. 그 문제의 까다로움은 여전하기 때문이다. 만일 그가 성실하고 자질이 있는 학생이라면 교사가 지적할 때 자신이 범한 실수를 깨달을 것이다. 이는 삶에서도 마찬가지다. 사람들은 계속 무지 속에서 잘못 살고 있으면서도 자신이 바르게 살고 있다고 생각한다. 그러나 의심과 복잡함과 불행이 여전히 존재한다는 것은 그들이 아직 올바른 길을 찾지 못했다는 확실한 징후다.

정답을 구하기 전에 문제를 그냥 넘어가려는 어리석고 부주의한 학생들이 있지만, 교사의 눈과 기술은 그 오류를 신속하게 찾아내고 드러낸다. 삶에서도 결과를 조작하는 것은 불가능하다. 위대한 법칙의 눈이 그것을 밝혀내고 드러내기 때문이다. 2 곱하기 5는 영원히 10이다. 그 어떤 무지와 어리석음과 속임수도 그 결과를 11로 만들 수는 없다.

각각의 생각과 행위가 삶이라는 천을 직조한다

피상적으로 옷감을 본다면 그저 한 조각 천으로 보이겠지만, 한 걸음 더 나아가 제조 과정을 알아보고 그 천을 면밀하고도 세심하게 조사해본다면 그것이 개별적인 실들의 결합으로 구성되어 있다는 것을 알게 된다. 또한 모든 실들이 서로 의존하고 있지만, 각각의 실들은 나름의 방향대로 뻗어나가면서도 결코 다른 실들과 엉키지 않는다는 것도 알게 된다. 각각의 실들 사이에 꼬임이 전혀 없어야만 한 조각 천이 완성된다. 실들이 조화를 이루지 못하고 뒤엉켜 있으면, 그 천은 한 무더기 쓰레기나 쓸모없는 넝마에 불과할 것이다.

삶이란 한 조각 천과 같으며, 그것을 구성하고 있는 실은 개별적인 삶이다. 실들이 서로 엮여 있는 동안에는 엉키지 않는다. 각각의 실마다 자신의 길이 있는 것이다. 각각의 개인들은 타인의 행위가 아니라 자신이 지은 행위의 결과를 괴로워하고 즐거워한다. 각자가 살아가는 경로는 단순하고 명확하며, 그들이 이루는 전체는 복잡하지만 조화로운 결합을 이룬다. 거기에는 작용과 반작용, 원인과 결과, 균형을 잡는 반작용이 있으며 결과는 항상 처음의 자극에 정확하게 비례한다.

조잡한 재료로는 내구성이 좋고 마음에 드는 천을 만들어낼 수 없다. 이기적인 생각과 나쁜 행위라는 실로는 면밀한 검사를 통과하여 잘 입을 수 있는 삶의 옷, 유용하고 아름다운 삶의 옷을 만들어낼 수 없다.

사람들은 각자 자신의 삶을 만들거나 망친다. 그

삶은 그의 이웃이나 그의 외부에 있는 어떤 것이 만들거나 망치는 것이 아니다. 그가 하는 각각의 생각과 행위가 삶이라는 옷을 직조하는 또 하나의 실(조잡하든 정품이든)이 된다. 그는 자기 이웃의 행동에는 책임이 없으며, 자기 자신의 행위에만 책임이 있다. 그는 자신이 하는 행동의 관리인인 것이다.

원인과 결과는 동시적인 사건

'악의 문제'(problem of evil, 전지전능한 신의 존재와 이에 상충하는 악의 존재를 어떻게 조화시킬 것인가에 관한 종교철학의 문제 – 옮긴이)는 인간의 악한 행위에 내재하고 있으며, 그런 행위가 정화될 때 이 문제가 해결된다. 루소는 이렇게 말했다. "인간이여, 더 이상 악의 기원을 찾지 마

라. 네 자신이 바로 그 기원이다."

결과는 결코 원인에서 분리될 수 없으며, 원인과 그 본성이 다르지 않다. 에머슨은 이렇게 말했다. "정의의 실현은 지연되지 않는다. 완벽한 공정함이 삶의 모든 영역에서 균형을 잡아주기 때문이다."

여기에는 원인과 결과가 동시적이며 하나의 완벽한 전체를 이룬다는 심오한 의미가 있다. 따라서 어떤 사람이 잔인한 생각이나 잔인한 행위를 하는 바로 그 순간, 그는 자신의 마음에 상처를 입히게 된다. 그는 그런 생각과 행위를 하기 직전의 그 사람과 같은 사람이 아니다. 그는 조금 더 타락하고 조금 더 불행해진 것이다. 그런 생각과 행위가 많이 이어지면 잔인하고 비참한 인간이 된다.

반대 경우에도 같은 맥락이 적용된다. 친절한 생

각과 친절한 행위를 하면 즉각적인 고결함과 행복이 뒤따른다. 그런 생각과 행위를 하는 사람은 그 이전보다 나은 사람이 되며, 그런 생각과 행위를 많이 하면 위대하고 행복한 마음이 생겨난다.

이처럼 한 개인의 행동은 완벽한 인과법칙에 따라 그 개인의 장점과 단점, 행복과 불행을 낳는다. 인간은 자신이 생각하는 것을 행하기 마련이다. 그가 무엇을 하느냐에 따라 행복하거나 비참해진다. 만일 당신이 혼란스럽거나 불행하거나 불안하거나 비참하다면, 스스로를 돌아보면 된다. 다름 아닌 바로 거기에 당신이 겪는 모든 고통의 원천이 있기 때문이다.

성취를 위한 의지의 단련

마음이 강하지 않으면, 성취할 만한 가치가 있는 어떤 것도 이룰 수 없다. 일반적으로 '의지력'이라 불리는 견실하고 안정된 기질을 함양하는 일은 인간의 가장 중요한 의무들 가운데 하나다. 의지력을 가지는 것이 일시적인 행복과 영원한 행복 모두에 본질적으로 필요하기 때문이다. 세속적인 일에서든 정신적인 일에서든, 목적을 세우는 것이 모든 성공적인 노력들의 근저에 놓여 있다. 그런 목적이 없다면 인간은 비참해질 수밖에 없으며, 자신의 내부에서 찾아야 할 동력을 타인들에게 의존해서 찾을 수밖에 없다.

이른바 '초자연적인 조언'을 비싸게 팔아먹으려는 사람들이 의지의 함양이라는 주제에 대해 비법이랍시고 떠벌리는 것은 피하고 떨쳐버려야 한다. 의지력을 키우는 실질적인 방법들은 비밀이나 신비 같은 것과는 지극히 거리가 멀기 때문이다.

의지력을 키우는 진정한 길은 개인의 평범한 일상생활에서만 찾을 수 있다. 그것이 너무나 명백하고 단순한 까닭에 복잡하고 신비로운 뭔가를 찾는 대다수 사람들은 간과하고 만다.

약간의 논리적인 생각만으로도 어떤 사람이 나약한 동시에 강할 수 없고, 나약한 탐닉의 노예인 채로 강한 의지를 키울 수 없으며, 더 강한 의지력을 획득하는 직접적이고도 유일한 길이 자신의 나약함을 공격하고 정복하는 것이라는 점을 쉽사리 확인할 수 있다. 의지를 키우기 위한 모든 수단들은 이미 각자의 마음과 생활 속 가까운 곳에 존재하고 있으며, 각자가 가진 성격의 약한 측면 속에 도사리고 있다. 바로 그 약한 측면을 공격하고 격파함으로써 필요한 의지력이 계발되는 것이다.

의지를 단련하는 일곱 가지 규칙

이처럼 단순한 예비적 진리를 파악하는 데 성공한 사람은 의지 배양에 관한 과학 전체가 다음과 같은 일곱 가지 규칙 속에 구체적으로 표현되어 있다는 것을 알게 될 것이다.

하나, 나쁜 습관들을 근절하라.

둘, 좋은 습관들을 형성하라.

셋, 지금 이 순간의 의무에 세심한 주의를 기울여라.

넷, 그 무엇이든 자신이 해야 할 일은 열정적이고도 즉각적으로 실행하라.

다섯, 규칙에 따라 살아라.

여섯, 혀를 제어하라.

일곱, 마음을 제어하라.

이 규칙들을 진지하게 숙고하고 부지런히 실천하는 사람은, 모든 어려움에 성공적으로 대처하게 해주고 모든 비상 상황을 당당하게 통과하게 해주는 목적의식과 의지력을 계발하는 데 실패하지 않을 것이다.

이를 위한 첫걸음은 나쁜 습관들과 결별하는 것

이다. 이것은 결코 쉬운 일이 아니다. 단기간에 대단한 노력을 기울이거나 지속적인 노력을 기울이는 것이 필요하다. 그러한 노력을 통해서만 의지가 튼튼해지고 강해질 수 있다.

이 같은 첫걸음을 내딛지 않는다면 의지력을 키울 수 없다. 나쁜 습관들이 제공하는 즉각적인 쾌락에 굴복함으로써, 자신을 통제할 권리를 박탈당하고 나약한 노예로 전락할 것이기 때문이다. 이처럼 수양을 회피하고 자기 몫의 노력을 거의 기울이지 않으면서 의지력을 획득하기 위해 '비법'을 찾는 사람은 스스로를 속이고 자신이 이미 소유한 의지력을 약화시키고 있는 것이다.

좋은 습관들을 형성하라

나쁜 습관들을 극복함으로써 커진 의지력은 좋은 습관들을 시작하게 해준다. 나쁜 습관들의 정복에는 목적의식의 힘이 요구되는 반면, 새로운 습관의 형성에는 목적의식의 지적인 인도가 필요하다. 이를 위해 우리는 정신적으로 적극적이고 정력적이어야 하며 스스로를 끊임없이 관찰해야 한다.

좋은 습관의 형성이라는 두 번째 규칙을 완전히 익힌 사람이, 지금 이 순간의 의무에 세심한 주의를 기울이라는 세 번째 규칙을 지키는 일은 그리 힘들지 않을 것이다. 철저함은 의지를 키움에 있어 간과될 수 없는 단계다. 대충 하는 일은 나약함의 징후다. 아무리 작은 일을 하더라도 완벽함을 추구해야 한다. 매번 일을 접할 때마다 마음을 분리하지 않고 온전한 주의를 기울임으로써 단일한 목적의식과 강한 집중력을 점진적으로 획득하게 된다. 이 두 가지는 한 사람의 성격에 무게감과 가치를 부여하고 그에게 안식과 기쁨을 가져다주는 정신적 힘이다.

열정적이고도 즉각적으로 실행하라

무엇이 되었건 해야 할 일이라면 열정적이고도 즉각적으로 실행하라는 네 번째 규칙 또한 앞선 규칙들과 동등하게 중요하다. 게으름과 강한 의지는 함께 갈 수 없으며, 뒤로 미루는 버릇은 목적의식이 있는 행동을 취하는 데 전적으로 걸림돌이 된다. 그 무엇이든 단 몇 분이라도 미뤄서는 안 된다. 지금 해야만 되는 일은 지금 해야 한다. 이것은 사소해 보이지만 매우 중요한 지점이다. 이를 명심하는 사람은 힘과 성공과 평화를 성취하게 될 것이다.

규칙에 따라 살아라

향상된 의지력을 가지려는 사람은 확고한 규칙들에 따라 살아야 한다. 자신의 욕망과 충동을 맹목적으로 충족시켜서는 안 되며 그것들을 다스려 복속시켜야 한다. 욕망이 아니라 원칙에 따라 살아야 한다. 무엇을 먹고 마시고 입을 것인지, 무엇을 먹고 마시고 입지 않을 것인지, 하루에 몇 끼를 몇 시에 먹을 것인지, 몇 시에 잠자리에 들고 몇 시에 일어날 것인지를 정해야 한다.

생활의 모든 측면에서 자신의 행동을 올바르게

다스리기 위한 규칙들을 만들어야 하며, 어김없이 그것들을 지켜야 한다. 식욕과 기분의 유혹에 감각적으로 탐닉하여 마음껏 먹고 마시면서 내키는 대로 분별없이 사는 것은 의지와 이성을 가진 인간의 삶이 아니라 한낱 짐승의 삶을 사는 것이다.

인간의 내면에 있는 야수는 채찍으로 다스려 복종시켜야 한다. 이는 올바른 행동을 위한 일정한 규칙들에 따라 마음과 생활을 단련함으로써만 이루어질 수 있다. 성자는 자신의 맹세를 어기지 않음으로써 신성한 경지에 이르게 되며, 훌륭한 규칙들에 따라 사는 사람은 자신의 목적을 달성할 수 있는 힘을 획득하게 된다.

마음을 제어하라

짜증이나 분노, 흥분이나 악의에서 나오는 어떤 말도 내뱉지 않을 만큼 자신의 발언을 완벽하게 통제할 수 있을 때까지 자신의 혀를 제어하라는 여섯 번째 규칙을 실천해야 한다. 강한 의지를 가진 사람은 아무렇게나 혀를 놀리지 않는 법이다.

이 모든 여섯 가지 규칙들을 성실하게 실천하면 가장 중요한 일곱 번째 규칙, 즉 마음을 올바로 제어하라는 규칙에 이르게 된다. 자기통제는 삶에서 가장 핵심적인 덕목이지만 이것을 이해하는 사람은 지극히 드물다. 그러나 여기서 제시된 규칙들을 생활의 모든 측면에 적용하고 꾸준히 실천하는 사람은 그런 경험과 노력을 통해 마음을 제어하고 단련하는 방법을 배우게 될 것이다. 그리고 그는 인간이 가질 수 있는 최상의 영예, 즉 완벽하게 준비된 의지라는 영예를 얻는 방법을 배우게 될 것이다.

사소한 것들에 철저하라

철저함이란 사소한 일을 할 때 마치 그것이 세상에서 가장 위대한 일인 것처럼 접근하는 태도다. 인간의 삶에서 사소한 일들이 제일 중요한 일들이라는 것은 일반적으로 잘 알려지지 않은 진실이다. 사소한 것들을 무시하고 팽개치거나 어물쩍 넘어갈 수 있다는 생각이 철저함의 결여라는 너무나 흔한 현상의 근저에 있다. 이는 불완전한 일과 불행한 삶이라는 결과를 초래하게 된다.

세상과 인생에서 위대한 것들이 작은 것들의 조

합으로 구성되어 있으며 이처럼 작은 것들의 집적이 없이는 위대한 것들이 존재하지 않는다는 것을 이해할 때, 이전에는 중요하지 않다고 여겼던 것들에 세심한 주의를 기울이게 된다. 이런 식으로 철저함이라는 자질을 획득한 사람은 유용하고 영향력 있는 사람이 된다. 이 자질의 보유 여부가 평화롭고 힘이 있는 삶과 비참하고 나약한 삶을 가르는 기준일 수 있기 때문이다.

모든 고용주들은 이런 자질이 얼마나 드문 것인지, 그리고 자신의 일에 생각과 에너지를 투여하여 완벽하고 만족스럽게 수행하는 남녀들을 찾아보기가 얼마나 힘든지 잘 알고 있다. 형편없는 솜씨는 넘쳐나지만 정교함과 탁월함은 드물다.

경솔함과 부주의와 게으름은 너무나 흔한 악덕인

까닭에, 이른바 '사회 개혁'이 이루어지고 있는데도 실업자들이 계속 늘어나는 것이 더는 이상한 일이 아니다. 오늘 자신의 일을 태만히 하는 사람은 훗날 정말로 절실한 시기에 아무리 일자리를 찾고 부탁해봐도 허사에 그칠 뿐이다.

의무를 수행할 때는 쾌락에 대한 생각은 금물

'적자생존'의 법칙은 잔인함이 아니라 정의에 기반을 두고 있다. 그것은 이 세상 어디에서나 적용되는 신성한 평등의 한 측면이다. 악덕은 '수많은 채찍질'을 당한다. 그렇지 않다면 어떻게 미덕이 함양될 수 있겠는가? 경솔하고 게으른 사람들은 사려 깊고 부지런한 사람들보다 우위에 서거나 그들과 나란히

설 수 없다.

내 친구 하나는 자기 아버지가 자녀들 모두에게 다음과 같은 조언을 해주었다고 말했다. "장차 너희들이 무슨 일을 하게 되더라도 온 마음을 쏟아 철저히 하도록 해라. 그러면 너희들의 행복은 염려할 필요가 없다. 세상에는 부주의하고 게으른 사람들이 너무 많아서, 철저하게 일하는 사람을 찾는 수요는 항상 있기 때문이다."

특별한 기술을 요구하지는 않지만 준비성과 의욕과 성실한 손길이 필요한 분야에서 능숙한 기량을 가진 인력을 확보하려고 여러 해 동안 노력했는데도 거의 실패하고 만 사람들을 나는 알고 있다. 그들은 부주의와 태만, 무능함과 끊임없는 직무유기라는 사유로 노동자들을 차례차례 해고했다. 그 분야와 상관없는 다른 악덕들은 언급할 필요도 없다. 하지만 엄청난 수의 실업자들은 계속해서 법률과 사회와 하늘을 원망하고 있다.

이런 현상이 흔하게 생기는 원인은 멀리서 찾을 필요가 없다. 꾸준한 노동을 혐오하게 만들 뿐만 아니라 자기가 하는 일에서 최선을 다하지 못하게 하고 자신의 의무를 제대로 수행하지 못하게 하는 쾌락을 사람들이 갈구하기 때문이다.

얼마 전 나는, 진심 어린 호소 끝에 책임 있고 수입이 좋은 일자리를 얻은 어느 가난한 여인의 사례를 관찰한 적이 있다. 그녀는 취업한 지 며칠도 지나기 않아, 이제 그 자리에 앉았으니 '유람 여행'을 가야겠다고 떠벌리기 시작했다. 결국 그녀는 그달 말에 태만과 무능이라는 사유로 해고되었다.

두 물체가 동시에 같은 공간을 차지할 수 없는 것처럼, 쾌락에 얽매인 마음은 의무를 완벽하게 수행하는 데 집중할 수 없다. 쾌락을 위한 공간과 시간은 따로 있다. 의무를 수행하는 데 쏟아야 할 시간에는 쾌락에 대한 생각을 품어서는 안 된다. 세속적인 과업을 수행하는 동안 끊임없이 쾌락에 대해 생각하는 사람들은 자신이 맡은 일을 대충 할 수밖에 없다. 심지어 그 쾌락이 위태로워 보일 때는 자신의 일을 방치하기까지 한다.

자신이 하는 일에 진심과 최선을 다하라

철저함이란 완전함이자 완벽함이다. 그것은 어떤 일을 너무나 잘해서 더 이상 바랄 것이 없는 상태를 의미한다. 그것은 일을 함에 있어 모든 사람들보다 잘하지는 못할지라도, 최소한 다른 사람들의 최선보다는 나쁘지 않게 하는 것을 의미한다. 그것은 많은 생각을 하고 큰 의욕을 내며, 자신의 과업에 지속적으로 집중하고 인내와 끈기와 높은 의무감을 키우는 것을 의미한다.

고대의 어느 스승은 이렇게 말했다. "어떤 일을 해야 한다면 그것을 하라. 그리고 열정적으로 하라." 또 다른 스승은 이렇게 말했다. "너의 손에 무슨 일이 걸리든, 전력을 다해 그 일을 하라."

세속의 의무들을 수행할 때 철저하지 못한 사람은 정신적인 일들을 할 때에도 마찬가지일 것이다. 그는 자신의 성격을 개선하지 않을 것이고, 종교 문제에 있어서도 나약하고 어정쩡할 것이며, 그 어떤 훌륭하고 유용한 목표도 달성하지 못할 것이다. 한 눈을 세속적 쾌락에 고정한 채 다른 눈으로 종교를 바라보면서 두 가지 모두의 이점을 취할 수 있다고 생각하는 사람은, 쾌락의 추구에도 자신의 종교에도 철저하지 못할 것이며 두 가지 모두에서 유감스러운 결과를 낳게 될 것이다. 어정쩡한 종교인이 되기보다 진심을 다하는 세속인이 되는 것이 더 낫다. 마음의 절반만을 고결한 일에 쏟기보다 마음 전부를 하찮은 일에 쏟는 것이 더 낫다.

좋은 방향으로 무능하고 나약한 것보다는 차라리 나쁘거나 이기적인 방향이라도 철저한 편이 더 낫다. 철저함은 신속하게 성격의 발전과 지혜의 획득으로 이어지며 진보와 발전을 가속화하기 때문이다. 철저함은 나쁜 사람들을 더 나은 존재가 되도록 이끄는 한편, 좋은 사람들이 점점 더 높은 곳으로 올라가도록 자극하여 유능함과 힘의 최고 경지에 이르게 하기 때문이다.

마음과 삶을 구축하기

자연과 인간사 모든 것은 구축 과정에 의해 이루어진다. 바위는 원자들로 구축되고, 식물과 동물과 인간은 세포들로 구축된다. 집은 벽돌들로 구축되고 책은 글자들로 구축된다. 세계는 수많은 형태들로 구축되고 도시는 수많은 집들로 구축된다. 한 나라의 예술과 과학과 제도는 개인들의 노력으로 구축된다. 한 나라의 역사는 그것이 행한 행위로 지은 건축물이다.

구축 과정에는 그와 교대로 일어나는 붕괴 과정

이 필요하다. 자신의 목적을 다한 오래된 형태들은 분해되며, 그것들을 구성하던 재료들은 새로운 결합 속으로 들어간다. 거기서는 상호 간의 집적과 해체가 벌어진다. 모든 유기체 속에서 낡은 세포들은 끊임없이 해체되고 새로운 세포들이 형성되어 그 자리를 차지한다.

인간이 하는 일들 또한 낡고 쓸모없어질 때까지 지속적으로 갱신될 필요가 있으며, 때가 되면 더 나은 목적을 위해 파괴된다. 이처럼 자연에서 벌어지는 붕괴와 구축의 두 과정은 죽음과 생명이라고 불리며, 인간이 하는 인위적인 일에서 그 과정은 파괴와 복원이라고 불린다.

성격은 다양한 생각들의 복합물이다

눈에 보이는 사물들 속에서 보편적으로 일어나는 이 두 가지 과정은 보이지 않는 사물들 속에서도 일어나고 있다. 신체가 세포들로 구축되고 집이 벽돌들로 구축되는 것처럼, 인간의 마음은 생각들로 구축된다. 사람들의 다양한 성격은 다양한 조합으로 이루어진 생각들의 복합물이나 마찬가지다. 이 대목에서 우리는 다음과 같은 격언이 품은 깊은 진실을 볼 수 있다. "어떤 사람이 마음속에서 생각하는 바가 바로 그 사람이다."

한 개인의 특성은 집적된 생각들이 그 마음속에 고착된 결과물이다. 이 생각들은 지속적인 노력과 많은 수양에 의해서만 변경되거나 제거될 수 있을 정도로 성격의 완전한 일부가 되었다는 의미에서 고착되었다고 할 수 있다.

성격은 나무나 집이 구축되는 것과 똑같은 방식으로 구축된다. 즉 새로운 재료를 끊임없이 추가함으로써 구축되는 것이다. 그 재료가 바로 생각이다. 몇백만에 이르는 벽돌의 도움으로 하나의 도시가 구축되며, 몇백만에 이르는 생각의 도움으로 하나의 마음과 성격이 구축된다. 로마는 하루아침에 이루어지지 않았으며 붓다나 플라톤이나 셰익스피어는 한 번의 생에서 완성된 것이 아니다.

자신의 자각 여부와 상관없이 모든 인간은 마음을 구축하는 존재다. 모든 인간은 부득이하게 생각을 해야만 하고, 각각의 생각은 마음이라는 건물 속에 쌓이는 개별적인 벽돌이다.

엄청나게 많은 사람들이 느슨하고 부주의하게 이

러한 '생각 쌓기'를 하며, 그 결과 약간의 문제나 유혹에도 쉽사리 무너지고 마는 불안정하고 위태로운 성격을 낳는다.

어떤 사람들은 자신의 마음이라는 건물 속에 불순한 생각들을 너무나 많이 쌓는다. 그곳에서는 너무나 많은 부식된 벽돌들이, 쌓는 속도만큼이나 빠르게 허물어진다. 결국 그 뒤에 남는 건 언제나 보기 흉한 미완성 건물로 소유주에게 안락한 쉼터를 제공하지 못한다.

자신의 건강에 대해 약한 마음을 먹게 만드는 생각들, 불법적인 쾌락에 관한 나약한 생각들, 실패할지도 모른다는 의기소침한 생각들, 자기 연민과 자화자찬이라는 병적인 생각들은, 크고 튼튼한 마음의 사원을 절대로 지을 수 없는 무용한 벽돌들이다.

크고 튼튼한 마음의 사원을 지으려면

현명하게 선택되고 잘 배치된 순수한 생각들은 내구성 강한 벽돌들과 같다. 결코 허물어지지 않는 그 벽돌들은 아름다운 건물을 완성시킨다. 이런 벽돌들을 사용하면 그 소유주에게 안락한 쉼터를 제공하는 건물을 신속하게 세울 수 있다.

힘과 확신과 의무감에 찬 생각들을 품는 것, 또 크고 자유로우며 제한받지 않는 이타적인 삶에 대한 생각들을 품는 것은 크고 튼튼한 마음의 사원을 지을 수 있는 유용한 벽돌들을 쌓는 것이다. 그런 사원을 지으려면 낡고 무용한 생각의 습관들을 무너뜨리고 파괴하는 것이 필요하다.

오, 나의 영혼이여!

그대 더욱 위풍당당한 저택을 지어라.

쏜살같은 계절들이 흘러가고 있나니.

각각의 인간은 스스로를 구축하는 존재다. 만일 그가 고통의 비가 새고 좌절의 바람이 들이치는 허술한 집을 보유하고 있다면, 그런 정신적 요소들을 잘 보호해줄 수 있는 더욱 웅장한 저택을 지어야 한다. 나약하게도 자신의 허술한 집에 대한 책임을 악마나 조상, 혹은 어떤 제3자에게 돌리는 것은 자신의 안락함을 더하지 못할뿐더러 더 나은 거주지를 짓는 데도 도움이 되지 않는다.

그가 자신에게 책임이 있다는 사실과 자신이 가진 힘의 대략적 크기를 깨닫게 될 때, 그는 비로소 진짜 일꾼처럼 집을 짓기 시작할 것이다. 그는 내구성이 있어 후손들이 기릴 수 있는 균형 잡히고 완성된 인격을 형성하게 될 것이다. 그런 인격은 자신에게 결코 무너지지 않는 방벽을 제공할 뿐만 아니라, 그가 죽은 후에도 고통받는 많은 사람들에게 계속해서 안식처를 제공할 것이다.

아름다운 삶을 위한 네 가지 원칙

우주 전체는 몇 가지 수학적 원리들로 이루어져 있다. 물질세계에서 인간이 거둔 모든 위업들은 그 세계의 저변에 있는 몇 가지 원칙들에 대한 엄밀한 관찰을 통해 성취되었다. 성공적이고 행복하고 아름다운 삶을 구축하려면 몇 가지 단순한 근본 원리들을 알고 응용하는 것만으로도 충분하다.

사나운 폭풍에도 견딜 수 있는 건물을 세우려는 사람이 있다면, 사각형이나 원 같은 단순하고 수학적인 원리나 법칙에 따라 그것을 지어야 한다. 만일 이것을 무시한다면 그가 짓는 건물은 완성되기도 전에 무너질 것이다.

이와 마찬가지로, 성공적이고 강하고 모범적인 삶—사나운 역경과 유혹의 폭풍을 강인하게 견디는 삶—을 구축하려는 사람이 있다면, 그것은 몇 가지 단순하고 정도를 벗어나지 않는 도덕적 원칙들 위에 세워져야만 한다.

정의, 정직, 성실, 친절이 바로 이런 네 가지 원칙들이다. 정사각형의 네 변이 집짓기의 기초가 되는 것처럼 이 네 가지 도덕적 진리들은 삶의 형성을 위한 기초가 된다. 이 원칙들을 무시하고 불의와 사기와 이기심으로 성공과 행복을 얻겠다고 생각하는 사람이 있다면, 그는 수학적 직선들의 배열을 무시하고도 강하고 오래가는 집을 지을 수 있다고 상상하는 건축업자 같은 태도를 보이는 것이다. 결국 그에게는 실망과 실패만이 남을 것이다.

한동안은 돈을 벌지도 모르며, 이 때문에 불의와 부정이 돈벌이가 된다고 믿을 수도 있다. 하지만 실제로 그의 삶은 너무나 허약하고 불안정해서 언제라도 무너질 준비가 되어 있다. 위기의 시기가 닥치면, 그의 사업과 평판과 재산은 망가지고 그는 외톨이가 되고 만다.

앞서 열거한 네 가지 도덕적 원칙들을 무시하는 사람이 진정 성공적이고 행복한 삶을 성취하는 것은 전적으로 불가능하다. 반면, 모든 일에서 그 원칙들을 정직하게 지키는 사람이 성공과 행복을 얻지 못하는 것은, 지구가 정해진 궤도를 벗어나지 않는데도 태양의 빛과 열을 받지 못하는 것만큼이나 어려운 일이다. 왜냐하면 그는 우주의 근본적인 법칙들과 조화를 이루어 일을 하고 있으며, 변경되거나 전복될 수 없는 기초 위에 자신의 삶을 구축하고 있기 때문이다. 그러므로 그가 구축하는 모든 것은 강하고 오래간다. 그의 삶을 구성하는 모든 부분들은 너무나 정연하고 조화로우며 촘촘히 짜여 있기에 결코 무너질 수 없다.

원칙 위에 지어진 완벽한 삶

눈에 보이지는 않지만 위대하고 어김없는 힘에

의해 구축된 모든 우주적 형태들 속에서, 수학적 법칙은 한결같은 정확성으로 가장 미세한 존재에까지 관철되고 있다. 현미경은 무한히 작은 것들도 무한히 거대한 것들만큼 완벽하다는 사실을 보여준다.

눈송이 하나도 하늘의 별만큼이나 완벽하다. 마찬가지로, 인간이 건물 하나를 세울 때에도 모든 세밀한 부분에 최고로 엄격한 주의를 기울여야 한다.

먼저 건물의 기초를 세워야 한다. 비록 그것이 땅속에 묻혀 숨겨지더라도 최고의 주의를 기울여야 하며, 건물의 다른 어떤 부분보다 높은 강도로 시공해야 한다. 그 위에 돌과 벽돌을 다림줄에 맞춰 쌓게 되면 마침내 그 건물은 내구성과 강도와 아름다움을 갖추고 우뚝 서게 된다.

이는 한 인간의 삶에도 똑같이 적용된다. 안전하

고 축복받는 삶, 수많은 이들을 희생시키는 고통과 실패를 겪지 않는 삶을 영위하고자 하는 사람은 자기 삶의 모든 세밀한 부분들과 일시적인 의무, 사소한 거래에 이르기까지 네 가지 도덕적 원칙들을 실천해야 한다. 아무리 사소한 일이라도 소홀히 해서는 안 되며, 매사를 철저하고 정직하게 수행해야 한다.

장사꾼이든 농사꾼이든 전문가든 장인이든, 사소한 부분을 소홀히 하거나 잘못 수행하는 것은 건물을 지을 때 돌이나 벽돌 하나하나를 소홀히 다루는 것과 같으며, 이는 그 건물의 취약함과 하자의 원인이 될 것이다.

실패를 겪고 슬픔에 빠지는 대다수 사람들은 겉으로 사소해 보이는 세부 사항을 소홀히 함으로써 그런 지경에 이르게 된다.

사소한 것들은 그냥 지나칠 수 있고 그보다 큰 것들이 더 중요하므로 여기에 주의를 집중해야 한다고 생각하는 것은 흔히 보는 실수다. 하지만 세상을 한 번 둘러보거나 삶을 조금만 진지하게 반추해보기만 해도 작고 사소한 것들로 이루어지지 않은 그 어떤 커다란 것도 존재할 수 없으며, 그것을 구성하고 있는 모든 세부적인 것들이 완벽하다는 교훈을 얻게 될 것이다.

앞서 열거한 네 가지 원칙들을 자기 삶의 법칙이자 기초로 받아들이고 그 토대 위에 인격이라는 건물을 세우는 사람, 생각과 말과 행동을 할 때 이 원칙들에서 떨어지지 않는 사람, 모든 일과 거래에서 이 원칙들을 따르는 사람은 마음의 성실함이라는 숨겨진 기초를 확실하고 견고하게 쌓고 있는 것이다. 따라서 그는 자신에게 영예를 안겨줄 건축물을 세우는 일에 결코 실패할 수 없다. 그는 평화와 행복 속에서 쉴 수 있는 사원을 짓고 있으며, 튼튼하고 아름다운 삶의 사원을 짓고 있다.

집중력은 과업 수행을 위한 사다리

집중, 즉 마음을 하나의 중심에 모아 그곳에 머물게 하는 것은 어떤 일을 성취하려고 하더라도 지극히 필수적이다. 집중력은 철저함의 아버지고 탁월함의 어머니다. 집중력은 인간이 가진 능력의 하나로서 그 자체가 목적은 아니지만 다른 모든 능력들과 모든 일에 도움이 되는 요소다. 집중력은 그 자체가 목적은 아니지만 모든 목적들에 봉사하는 능력이다. 역학(力學)에서 증기가 그러하듯, 집중력은 마음이라는 기계와 삶이라는 기능 속에서 하나의 원동력으로 작용한다.

완벽이라는 기준에 비춰보면, 집중은 드물긴 하지만 흔히들 가지고 있는 능력이다. 이것은 마치 의지나 이성이 흔한 능력이긴 하지만 완벽한 의지와 종합적인 이성이 드문 것과 마찬가지다. 현대의 일부 신비주의적 저술가들이 집중력을 둘러싸고 쳐놓은 베일은 완전히 불필요한 것이다. 비록 집중력에 관해 학문의 대상으로서는 전혀 모를지라도, 어떤 분야에서든 성공한 사람들은 모두 집중력을 발휘해왔다. 누군가 책이나 일에 몰두하게 될 때마다, 혹은 기도에 몰입하거나 의무에 힘쓰고 있을 때마다 정도의 차이는 있지만 집중력이 작용한다.

집중력에 대해 가르침을 준다고 주장하는 많은

책들은 집중력을 발휘하고 획득하는 것 자체를 하나의 목적으로 만든다. 이보다 더 확실하고 신속하게 파멸로 이끄는 가르침은 없다. 집중력을 얻기 위한 목적으로 코끝, 문손잡이, 그림, 신비로운 상징물, 성자의 초상화에 눈을 고정하는 것, 혹은 배꼽이나 송과선이나 공간 속에 있는 어떤 상상의 지점에 마음을 모으는 것(집중력에 관한 책들은 이 모든 방법들을 조언한다)은 마치 입에 음식을 넣지도 않은 채 씹는 동작을 하듯 턱을 움직이기만 함으로써 몸에 영양을 공급하려고 노력하는 것과 같다. 이런 방식들은 오히려 그것이 원래 겨냥했던 목표를 방해한다. 정신만 산란하게 만들 뿐 집중으로 이어지지 않으며, 이를 실천하는 사람을 힘과 지성으로 이끌기보다 나약하고 어리석게 만들 뿐이다. 내가 만난 사람들 중에는 이런 수행을 통해 원래 가지고 있던 집중력마저 낭비해버리고, 나약하고 방황하는 마음의 희생물이 되어버린 이들도 있다.

집중력은 뭔가를 하는 데 도움을 주는 것이지 그 자체가 뭔가를 하는 것은 아니다. 사다리 그 자체는 아무런 가치가 없다. 그것은 다른 방법으로 다다를 수 없는 어떤 것에 우리가 도달할 수 있도록 해줄 때에만 가치가 있다. 이와 마찬가지로, 집중력이란 우리의 마음이 다른 방식으로는 성취할 수 없는 것을 쉽게 성취할 수 있도록 해주는 것이다. 그럼에도 집중력 그 자체는 실질적인 성취가 아니라 수단에 불과하다.

집중력은 생활과 너무나 밀접하게 얽혀 있으므로 우리가 수행해야 하는 일들과 분리될 수 없다. 자신의 과업이나 의무에서 분리된 집중력을 얻고자 노력하는 사람은 그 목적을 달성할 수 없을 뿐만 아니라, 마음에 대한 통제력과 일에 대한 실행력을 오히려 축소하게 될 것이다. 결국 그는 자신이 수행하는 일에서 성공하기에 점점 더 부적합한 사람이 될 것이다.

현재 우리가 수행하는 과업—신성한 지식을 획득하는 일이든 마루를 청소하는 일이든—속에, 비실용적인 방법에 기대지 않고도 집중력을 키우는 모든 수단들이 존재한다. 해야 할 일들을 수행하는 데 잘 제어된 마음을 쓰지 않는다면, 도대체 무엇을 위해 집중력이 존재하는가?

방황하는 마음은 집중력의 적이다

막연하거나 서두르거나 경솔한 방식으로 일을 하

면서도, 자신이 광기를 향해 표류하는지도 모른 채(실제로 나는 이런 수행을 하다가 미쳐버린 사람을 알고 있다) 일종의 신비로운 힘(하지만 이것은 아주 평범하고 실용적인 능력이다)을 획득하기 위해 인위적인 '집중의 방식들'(문손잡이나 그림이나 코끝에 눈을 고정시키는 것)에 의존하는 사람이 있다. 그런 사람은 마음의 견실함을 키우지 못할 것이다.

집중력의 강대한 적(따라서 모든 기술과 힘의 강대한 적)은 주저하고 방황하는 단련되지 않은 마음이며, 이를 극복해야만 집중력을 얻을 수 있다. 흩어지고 훈련되지 않은 군대는 쓸모가 없을 것이다. 그 군대가 효과적으로 기동하고 신속하게 승리를 거두려면, 견고하게 집결된 병력과 능수능란한 지휘관이 필수적이다. 산만하고 흩어진 생각들은 약하고 무가치하다. 주어진 지점에 결집되어 제대로 통제되고 지휘되는 생각들은 불굴의 힘을 발휘한다. 그런 생각들이 일사불란하게 접근하기도 전에 혼란과 의심과 어려움이라는 적군은 항복하고 만다. 집중된 생각은 대체로 모든 성공들에 관여하고 모든 승리들에 영향을 미친다.

다른 모든 능력을 획득하는 것과 마찬가지로 집중력을 획득하는 데에는 특별한 비밀이 없다. 왜냐하면 그것은 모든 능력을 배양함에 있어 근간이 되는 원칙, 즉 실천에 의해 좌우되기 때문이다. 당신이 어떤 것을 할 수 있게 되려면 그것을 시작해야 하고, 그것에 숙달될 때까지 계속해서 실행해야 한다.

이 원칙은 보편적으로 (모든 예술, 과학, 장사, 학문, 행동, 종교에) 적용된다. 그림을 그릴 수 있게 되려면 그림을 그려야 한다. 어떤 도구를 능숙하게 사용할 수 있게 되려면 그것을 사용해야 한다. 학식 있는 사람이 되려면 배워야 한다. 현명해지려면 현명한 일들을 해야 한다. 성공적으로 자신의 마음에 집중하려면 그것에 집중해야 한다. 그러나 실행이 전부가 아니다. 열의와 지성을 발휘해서 실행해야 한다.

지적·정신적 에너지의 초점을 한 점에 맞추라

집중의 시작은 일상적인 과업에 다가가 마음을 거기에 쏟는 것이다. 이는 당신이 가진 모든 지적·정신적 에너지를 모아 자신이 해야 할 일에 초점을 맞추는 것이다. 그리고 생각이 목표를 잃고 흩어질 때마다 지금 손에 잡고 있는 일로 신속하게 복귀시키는 것이다. 이처럼, 당신이 마음을 모으려는 '중심'은 송과선이나 공간 속 어느 한 지점이 아니라 당신이 매일 하고 있는 일이다. 당신이 그토록 집중하는 목적은, 신속하고도 능숙하게 그 일을 할 수 있기 위해서다. 당신이 이와 같이 일을 할 수 있기 전에는, 자신의 마음에 대해 아무런 통제력을 얻지 못한 것이며 집중의 힘을 획득하지 못한 것이다.

이처럼 자신이 하는 일에 생각과 기력과 의지를 강력하게 집중하는 것이 처음에는 어렵다(모든 가치 있는 능력의 습득이 그러하듯). 하지만 그 일을 열심히 실행하고 끈질기게 주시하는 매일매일의 노력을 통해, 당신이 수행하는 어떤 일에도 강하고 통찰력 있는 마음을 집중할 수 있을 정도로 대단한 자기통제의 힘을 곧 획득하게 될 것이다. 또 그 일의 모든 세세한 부분들을 재빨리 파악하여 정확하고 효율적으로 처리하는 마음을 획득하게 될 것이다. 이처럼 집중할 수 있는 역량이 커짐에 따라 당신은 자신의 전반적인 유용성과 세상에 대한 자신의 가치를 키우게 될 것이다. 이에 따라 더 고결한 기회들이 찾아오고 더 고상한 의무들의 영역으로 들어가는 문이 열릴 것이다. 그리고 한층 폭넓고 충만한 삶의 기쁨을 경험하게 될 것이다.

집중의 네 단계

집중의 과정에는 다음과 같은 네 단계가 있다.

첫째, 주의

둘째, 숙고

셋째, 몰입

넷째, 정중동

먼저 마음을 다잡은 다음 집중의 대상, 즉 당신이 지금 하고 있는 일에 마음을 고정하는 것, 이것이 주의를 기울이는 단계다. 이어서 그 일을 처리해나가는 방식에 관한 활발한 생각 속으로 마음을 불러일으키는 것, 이것이 숙고의 단계다.

지속적인 숙고는 집중을 방해하는 외부 요인들에 대해 감각의 문들이 모두 닫히는 마음 상태로 이끌어 준다. 외부와 차단된 생각들은 지금 당신이 하고 있는 일에 온전하고 강렬하게 집중된다. 이것이 몰입 단계다.

이와 같이 깊은 생각에 잠긴 가운데 초점이 맞춰진 마음은 당신이 하고 있는 일에서 최소한의 저항으로 최대한의 성과를 거두는 상태에 도달한다. 이것이 정중동 단계다.

주의는 모든 성공적인 일의 첫 번째 단계다. 주의가 결여된 사람들은 모든 일에서 실패를 맛본다. 게으른 사람들, 부주의한 사람들, 무관심한 사람들, 무능한 사람들 또한 그러하다. 주의를 기울이는 단계에 이어 그 마음이 각성하여 진지한 생각 속으로 들어가면 두 번째 단계에 도달한 것이다. 모든 평범하고 세속적인 과업들에서 성공을 확보하려면 이들 두 단계만으로도 충분하다.

각각의 분야에서 이 세상의 일을 수행하는 숙련되고 유능한 일꾼들은 모두 정도 차이는 있지만 이 단계에 도달한다. 그러나 상대적으로 소수만이 세 번째 단계인 몰입에 도달한다. 몰입 단계에 도달한다는 것은 천재의 영역에 들어선다는 것을 의미하기 때문이다.

첫 두 단계에서 일과 마음은 분리되어 있으며, 그 일은 다소간 힘이 들고 어느 정도 저항이 수반된다. 하지만 세 번째 단계에서는 일과 마음의 결합이 이루어지고, 융합과 통합 속에서 그 둘은 하나가 된다. 그러면 적은 노력과 저항으로도 한층 뛰어난 능률을 발휘할 수 있다.

처음 두 단계가 완성되었다 하더라도 우리의 마음은 객관적인 것들에 얽매여 있으며, 외부의 형상들과 소리들 때문에 쉽사리 그 중심에서 벗어난다. 하지만 우리의 마음이 몰입 단계에서 완성을 이루면, 객관적인 작업 방식과 구별되는 주관적인 작업 방식을 획득한다. 바로 그때 생각의 주체는 외부 세계를 망각하고 정신적 활동 속에서 생생하게 존재하게 된다.

어떤 말을 하더라도 그는 듣지 못할 것이며, 더 격렬한 자극을 주면 그는 마치 꿈에서 깨어나는 것처럼 외부의 대상에 마음을 돌릴 것이다. 실제로 이러한 몰입은 눈을 뜨고 꾸는 꿈 같은 것이지만, 마음의 주관적인 상태에 이르면 몰입과 꿈의 유사성은 깨지고 만다. 이런 상태의 마음이 작동하는 영역에서는 꿈이 가진 혼란스러움 대신 완벽한 질서와 본질을 꿰뚫는 통찰, 그리고 대상에 대한 폭넓은 이해가 존재한다.

몰입의 영역에서 완벽함을 획득한 사람은 마음을 집중하는 특정한 일에서 천재성을 드러낼 것이다. 발명가와 예술가와 시인과 과학자와 철학자, 그리고 천재성을 지닌 모든 사람들은 몰입을 터득한 사람들이다. 그들은 객관성에 얽매인 일꾼들(집중의 두 번째 단계를 넘어서지 못한 사람들)이 아무리 노력해도 성취하지 못하는 주관성을 쉽사리 성취한다.

네 번째 단계인 '정중동'에 도달할 때 우리는 완벽한 집중을 획득하게 된다. 나는 이처럼 꾸준함이나 평온함과 결합된 치열한 활동이라는 이중적 조건을 제대로 표현할 하나의 단어를 찾을 수 없기에 '정중동(activity in repose)'이라는 용어를 쓰게 되었다.

이 말이 모순처럼 보이지만, 회전하는 팽이를 간단히 떠올려보면 그 역설을 이해하는 데 도움이 될 것이다. 팽이가 최고 속도로 회전할 때 마찰은 최소한으로 줄어들고 그 팽이는 완벽한 평정 상태에 도달한다. 아이들의 눈과 마음에는 이 모습이 엄청나게 아름답고 매혹적인 광경인 까닭에 그들은 자신의 팽이가 '잠들어 있다'고 말한다. 외견상 팽이는 움직이지 않는 것처럼 보이지만, 이는 무기력한 타성에 젖어 있는 평정이 아니라 치열하면서도 완벽하게 균형 잡힌 움직임을 내포하고 있는 평정이다.

따라서 완벽한 집중을 획득한 마음은 최고의 생산적 결과를 낳는 치열한 생각을 하고 있을 때에도 조용한 균형과 고요한 평정 상태에 들어가 있다. 외부적으로는 어떤 뚜렷한 움직임이나 소란도 없고, 이런 힘을 획득한 사람의 얼굴은 빛나는 침착함을 유지하고 있으며, 그의 마음이 아주 치열한 생각에 잠겨 있을 때 그 얼굴은 한층 장엄하게 평온해진다.

집중을 완성하면 현명한 실행자가 된다

집중의 각 단계들은 나름대로 힘을 가지고 있다. 첫 번째 단계가 완성되면 그 실행자를 유능하게 만들어준다. 두 번째 단계는 그를 능숙함과 능력과 재능으로 이끌어주며, 세 번째 단계는 독창성과 천재성으로 이끌어준다. 네 번째 단계는 그에게 장악력과 힘을 부여하여 사람들의 지도자와 스승이 되게 만든다.

모든 성장 과정과 마찬가지로 집중력을 키움에 있어서도 뒤에 나오는 단계들은 앞선 단계들을 온전히 품고 있다. 숙고의 단계 속에는 주의가 포함되어 있으며, 몰입의 단계 속에는 주의와 숙고 모두가 구현되어 있다. 마지막 단계에 도달한 사람은 숙고의 활동을 할 때조차 네 단계 모두를 실행한다.

집중의 영역에서 완성을 이룬 사람은 언제든 어

떤 문제에서든 자신의 생각을 모을 수 있으며, 활발한 이해력의 강력한 불빛으로 그 문제를 탐구할 수 있다. 그는 특정한 목적들을 위해 생각의 능력을 사용하는 법, 그리고 그 능력을 통제하여 궁극적인 목표들로 이끄는 법을 배운 것이다. 그는 혼란스러운 생각들 속에서 방황하는 나약한 존재가 아니라 사물을 현명하게 실행하는 존재다.

신중함과 판단력과 진지함뿐만 아니라 결단력과 활력과 신중함이 집중의 습관에 뒤따라온다. 집중력의 배양에 관련되어 있는 치열한 정신적 단련은, 세속적인 직업 활동 속에서 유능함과 성공을 성취하는 과정을 통해, 더욱 높은 집중의 형식인 '명상'으로 이어진다. 명상 속에서 우리의 마음은 신성한 빛으로 환해지며 천상의 지식을 획득하게 된다.

완벽한 평화에 이르게 하는 명상

간절한 염원이 집중력과 결합될 때, 그 결과물이 바로 명상이라 할 수 있다. 어떤 사람이 단지 세속적이고 쾌락을 좇는 삶보다 한층 더 고상하고 순결하며 빛나는 삶에 도달하고 이를 실현하기를 강하게 열망할 때, 그는 간절한 염원을 품고 있는 것이다. 그런 삶을 찾는 일에 진지하게 생각을 집중할 때, 그는 명상을 실천하는 것이다.

강렬하고 간절한 염원이 없으면 명상도 있을 수

없다. 무기력과 무관심은 명상의 실천에 치명적이다. 남들보다 강한 천성을 타고난 사람은 명상에 이르는 길을 더욱 잘 발견하며 더욱 성공적으로 명상을 실천한다. 불같은 천성을 가진 사람은 그 염원이 충분히 각성될 때, 명상 속에서 진리의 최고 경지에 아주 빠르게 오른다.

집중은 세속적인 성공에 필수적이고, 명상은 정신적인 성공에 필수적이다. 세속적인 기술과 지식은 집중을 통해 획득되고, 정신적인 기술과 지식은 명상을 통해 획득된다. 우리는 집중을 통해 가장 높은 천재의 경지에 오를 수 있지만, 가장 높은 진리의 경지에는 오를 수 없다.

우리는 집중을 통해 시저가 지녔던 놀라운 이해력과 엄청난 권력을 획득할 수 있지만, 명상을 통해서는 붓다가 지녔던 신성한 지혜와 완벽한 평화에 이를 수 있다. 집중이 완벽해지면 힘이 되고, 명상이 완벽해지면 지혜가 된다. 우리는 집중을 통해 삶에서 벌어지는 일들(과학, 예술, 장사 등)을 실행할 때의 기술을 획득하지만, 명상을 통해서는 삶 그 자체의 기술을 획득한다. 즉 올바른 생활과 깨달음과 지혜 같은 것들 속에 있는 기술을 획득하는 것이다. 성자들과 성현들과 구세주들(현명한 인간들과 신성한 스승들)은 독실한 명상이 낳은 완성품이다.

명상의 진전은 일상의 진전을 가져온다

집중의 네 단계가 명상에도 작용한다. 이 두 가지 힘이 다른 점은 그 본질이 아니라 방향에 있다. 그러므로 명상은 정신적인 집중이다. 즉 명상이란 신성한 지식과 신성한 삶, 그리고 치열한 진리 추구에 마음의 초점을 맞추는 것이다.

이처럼 어떤 사람이 다른 모든 것들을 제치고 진리를 알고 깨닫기를 염원할 때, 그는 자신의 행동과 삶과 자기 정화에 주의를 기울이게 된다. 이러한 것들에 주의를 기울일 때 그는 삶이 제기하는 사실들과 문제들과 비의(秘儀)에 대한 진지한 숙고 속으로 들어가는 것이다. 그는 이런 숙고를 통해 전면적이고도 치열하게 진리에 다가가기 때문에 그 속에 온전히 몰입하게 된다. 그의 마음은 수많은 욕망들 속에서 방황하고 삶의 문제들을 개별적으로 해결하는 습관에서 벗어나, 진정한 몰입 단계인 진리와의 심오한 합일을 실현하게 된다. 이처럼 진리에 빠져들면 그 성격에는 균형이 생기고 신성한 '정중동'이 가능해진다. 이는 해탈과 깨달음을 얻은 마음이 도달하게 되는 지속적인 차분함과 평온함이다.

명상은 집중보다 실천하기가 더 어렵다. 명상은 집중을 할 때보다 훨씬 더 혹독한 자기수양을 수반하기 때문이다. 집중은 마음과 삶을 정화하지 않고도 실천할 수 있는 반면, 명상에서는 그러한 정화 과정이 분리될 수 없다.

명상의 목표가 신성한 깨달음과 진리의 성취인 까닭에, 명상은 실질적인 순수함과 의로움에 밀접하게 연결되어 있다. 그러므로 처음에는 실제 명상에 쓰는 시간이 짧지만(어쩌면 이른 아침 30분에 불과할 수도 있다), 강렬하게 염원하고 집중적으로 생각하는 그 30분 동안 얻는 지식은 그날 하루 내내 생활 속에서 구현된다. 따라서 명상에는 한 사람의 삶 전체가 결부되는 것이다. 그가 명상에서 진전을 보임에 따라, 자신이 처한 상황에서 일상적인 의무들도 점점 더 잘 수행하게 된다. 그는 더 강하고 성스럽고 침착하고 현명해지기 때문이다.

명상을 통해 갈등을 통제할 수 있다

명상의 원칙은 다음 두 가지다.

첫째, 순수한 것들에 대한 반복적인 생각으로 마음을 정화한다.

둘째, 실제 삶 속에서 그러한 순수함을 구현함으로써 신성한 지식을 성취한다.

인간은 생각하는 존재(thought-being)인 까닭에, 그 삶과 성격은 자신이 습관적으로 하는 생각들에 의해 결정된다. 생각은 실행과 연상과 습관을 통해 점점 더 쉽고 빈번하게 스스로를 반복하는 경향이 있으며, '습관'이라 불리는 자동적인 행동을 낳음으로써 그 행위자의 성격을 특정한 방식으로 '고착'시킨다.

명상을 실천하는 사람은 순수한 생각들 속에 일상적으로 머물기 때문에, 순수하고 각성된 행동을 하고 현실의 과업들을 잘 수행하도록 이끌어주는 순수하고 각성된 생각의 습관을 형성한다. 순수한 생각들의 끊임없는 반복을 통해, 그는 마침내 그 생각들과 하나가 된다. 그는 이제 순수한 행동과 고요하고 현명한 삶 속에서 자신의 성취를 드러내는 정화된 존재인 것이다.

대다수 사람들은 일련의 상충하는 욕망과 정념, 감정과 망상 속에 살고 있으며 그런 삶에는 불안과 불확실성과 슬픔이 있다. 하지만 어떤 사람이 명상 속에서 마음을 단련하기 시작할 때, 그는 하나의 중심적인 원칙에 생각의 초점을 맞춤으로써 내면의 갈등들에 대한 통제력을 점진적으로 얻게 된다. 불순하고 잘못된 생각과 행동의 낡은 습관들은 이런 식으로 붕괴되며, 순수하고 각성된 생각과 행동의 새로운 습관들이 형성된다. 그 사람은 점점 더 진리와 융화되며, 그의 내면에는 조화와 통찰이 커지고 완벽함과 평화가 자라나게 된다.

몽상과 명상을 구분하기

진리를 향한 강렬하고 고결한 염원에는 언제나 삶의 슬픔과 덧없음과 수수께끼에 대한 예민한 감각이 수반된다. 이러한 마음 상태에 도달하기 전에는 명상이 불가능하다. 단지 한가로운 몽상 속에서 즐거움을 얻거나 시간을 보내는 것(이런 습관에 명상이라는 단어를 종종 갖다 붙이기도 한다)은 고결한 정신적 의미에서 규정되는 명상에서 너무나 멀리 떨어져 있다.

몽상을 명상이라고 착각하기가 쉽다. 이것은 명상에 애쓰는 사람이라면 피해야만 하는 치명적 오류다. 몽상과 명상이 혼동되어서는 안 된다. 몽상은 우리가 쉽사리 빠지게 되는 분방한 꿈인 반면, 명상은 우리가 그로부터 힘을 얻어 일어서게 되는 강력하고 목적의식이 분명한 생각이다. 몽상이 손쉽고 즐거운 반면, 명상은 처음에는 어렵고 귀찮다. 몽상이 나태와 사치 속에서 번성하는 반면, 명상은 분투와 단련에서 나온다. 몽상이 처음에는 유혹적이다가 그다음에는 감각적으로 되고 마침내 관능적으로 되는 반면, 명상은 처음에는 험악하다가 그다음에는 유익해지고 마침내 평온해진다. 몽상은 자기통제를 잠식하기 때문에 위험하다. 명상은 자기통제를 강화하기 때문에 이를 실천하는 사람을 보호한다.

자신이 몽상을 하고 있는지 명상을 하고 있는지 알 수 있게 해주는 특정한 신호들이 있다. 먼저 몽상의 징후들은 다음과 같다.

- 노력을 회피하려는 욕망
- 꿈꾸는 즐거움을 경험하려는 욕망

- 세속적인 의무들에 대한 점증하는 혐오
- 세속적인 책임들을 게을리하려는 욕망
- 결과에 대한 두려움
- 최소한의 노력으로 돈을 벌고 싶다는 소망
- 자기통제의 결여

다음은 명상의 징후들이다.

- 육체적 에너지와 정신적 에너지의 동반 증가
- 지혜에 대한 치열한 추구
- 세속적인 의무들을 수행함에 있어 지루함 감소
- 세속적인 책임들을 완수하겠다는 확고한 다짐
- 두려움 없는 마음
- 재물에 대한 무관심

- 자기통제 보유

명상에 좋은 조건과 나쁜 조건

명상이 불가능한 특정 시간, 장소, 조건이 있는 반면 명상이 용이해지는 시간, 장소, 조건이 있다. 우리가 알아야 하고 신중하게 지켜야 하는 것들은 다음과 같다.

명상이 불가능한 시간, 장소, 조건

- 식사 중, 혹은 식사 직후
- 오락이 있는 곳
- 복잡한 곳
- 빨리 걸을 때

- 아침에 침대에 누워 있을 때
- 담배를 피울 때
- 육체적 휴식이나 정신적 휴식을 위해 소파나 침대에 누워 있을 때

명상이 어려운 시간, 장소, 조건

- 밤늦은 시간
- 호화롭게 장식된 방
- 부드럽고 푹신한 의자에 앉아 있을 때
- 호사스러운 옷을 입고 있을 때
- 누군가와 함께 있을 때
- 몸이 피곤할 때
- 음식을 과도하게 섭취했을 때

명상하기 가장 좋은 시간, 장소, 조건

- 매우 이른 아침
- 식사 직전
- 홀로 있을 때
- 야외, 혹은 수수하게 장식된 방
- 딱딱한 의자에 앉아 있을 때
- 몸이 강건하고 활기찰 때
- 수수한 옷을 입고 있을 때

앞에서 열거한 지침들을 살펴보면 안락과 사치와 탐닉(이것들은 몽상을 유도한다)은 명상을 어렵게 만들고 그 정도가 심해지면 명상을 불가능하게 만든다는 것을 알 수 있을 것이다. 반면에 분투와 단련과 극기(이것들은 몽상을 몰아낸다)는 명상을 비교적 쉽게 만들어준다.

과식이나 허기 또한 피해야 한다. 넝마 같은 옷이나 과시하는 옷도 피해야 한다. 몸이 피로해서는 안 되고 기력이 최고조에 달해야 한다. 미묘하고 고결한 일련의 생각들에 마음을 집중하기 위해서는 높은 수준의 육체적·정신적 에너지가 필요하기 때문이다.

명상을 할 때 고결한 계율이나 아름다운 문장, 시 한 편을 마음속으로 반복함으로써 간절한 염원을 불러일으키고 마음을 새롭게 할 수 있는 경우가 많다. 실제로 명상을 할 준비가 된 마음은 본능적으로 이런 수행법을 받아들인다. 하지만 이것이 단지 기계적 반복에 그친다면 가치가 없을뿐더러 오히려 방해가 된다. 마음속으로 반복하는 말은 집중적인 몰입에 잘 녹아들 정도로 자신의 조건에 잘 맞는 것이어야 한다. 염원과 집중은 이런 방식으로 조화롭게 결합됨으로써 과도한 부담을 주지 않으면서 명상 상태를 만들어낸다.

앞서 이야기한 모든 조건들은 명상 초기 단계에서 극도로 중요하며, 명상을 실천하려고 노력하는 사람들은 모두 주의해서 명심하고 제대로 지켜야 한다. 이런 지침들을 성실하게 따르고 꾸준히 노력하는 사람들은 적절한 시기가 되었을 때 순수함과 지혜, 행복과 평화라는 수확물을 틀림없이 거둘 것이며 신성한 명상의 열매들을 분명히 먹게 될 것이다.

목적의식의 힘

흩어지면 약하고 집중되면 강하다. 파괴는 분산시키는 과정이고 보존은 통합하는 과정이다. 각 부분들이 강하고 현명하게 집중되어 있을 때 사물은 유용해지고 생각은 강력해진다. 목적의식은 고도로 집중된 생각이다. 모든 정신적 에너지가 어떤 목적 달성을 향해 집중되면, 생각하는 주체와 대상 사이에 끼어드는 장애물들은 차례대로 붕괴되고 극복된다.

목적의식은 성취라는 사원의 아치를 지지하는 쐐

기돌이다. 그것이 없었더라면 산산이 무너져 쓸모없어질 구조물 전체를 단단히 붙들어준다. 공허한 변덕과 덧없는 공상, 모호한 욕망과 미적지근한 결심은 목적의식 속에 자리 잡을 여지가 없다. 목적을 성취하겠다는 일관된 투지 속에는 모든 패배 의식을 삼켜버리고 승리를 향해 행진하는 불굴의 힘이 있다.

성공한 사람들은 모두 목적의식이 뚜렷한 이들이다. 그들은 하나의 생각, 하나의 사업, 하나의 계획을 단단히 고수하며 결코 그것을 놓치지 않는다. 그들은 그것을 소중히 간직하고 곱씹으며 보살피고 발전시킨다. 곤경을 만날 때에도 굴복의 유혹을 거부한다. 마주치는 장애물들의 규모가 커질수록 목적의식의 강도는 증가한다.

흔들림 없는 목적의식에는 저항할 수 없다

인류의 운명을 좌우해온 사람들은 강한 목적의식을 가진 사람들이었다. 제국 전역에 도로를 닦았던 로마인들처럼, 그들은 잘 규정된 경로를 따랐으며 고문과 죽음이 눈앞에 닥쳐와도 방향을 틀지 않았다. 인류라는 종족의 위대한 지도자들은 정신의 도로를 닦는 사람들이었으며, 인류는 그들이 개척한 지적이고 정신적인 길을 따라왔다.

목적의식의 힘은 위대하다. 그 힘이 얼마나 위대한지 알려면, 자신의 영향력으로 국가의 목표와 세계의 운명을 빚어낸 사람들의 삶에서 그것이 어떤 역할을 했는지 연구해보면 된다. 우리는 알렉산드로스나 시저, 나폴레옹의 삶에서 목적의식이 세속적이고 개인적인 경로로 향했을 때 발휘되는 힘을 보게 된다.

공자나 붓다, 예수의 삶에서 그 경로가 비개인적인 하늘의 길을 향했을 때 발휘되는 더욱 강대한 힘을 감지하게 된다.

힘은 지성과 함께 가는 것이다. 지성의 정도에 따라 목적의식은 커지기도 하고 작아지기도 한다. 위대한 마음은 언제나 위대한 목적의식을 갖는다. 나약한 지성은 목적의식을 갖지 못한다. 이리저리 표류하는 마음은 지적 미숙함을 입증한다.

그 무엇이 흔들림 없는 목적의식에 저항할 수 있을까? 그 무엇이 그것에 맞서거나 그것을 밀쳐낼 수 있을까? 생명이 없는 물질은 살아 있는 힘에 굴복하고, 상황은 목적의식의 힘에 무릎을 꿇는다. 불법적인 목적을 가진 사람이 자신의 목표를 성취할 때는 스스로를 파괴하는 반면, 훌륭하고 합법적인 목적을 가진 사람은 결코 실패할 수 없는 법이다. 그가 자신의 목표를 완수하는 데는 확고한 다짐의 불꽃과 에너지를 매일 새롭게 피워 올리는 것만이 필요할 뿐이다.

타인들에게 오해받는다는 이유로 슬퍼하는 나약한 사람은 크게 성취하지 못한다. 타인들을 기쁘게 하고 그들의 보호를 받기 위해 자신의 다짐을 저버리는 속없는 사람은 크게 성취하지 못한다. 자신의 목적의식을 상황과 절충하려는 결단력 없는 사람은 실패하고 만다.

오해와 악의적인 비난, 혹은 아부와 입에 발린 약속이 빗물처럼 쏟아져도 자신의 다짐에 대해서는 손톱만큼의 양보도 하지 않을 정도로 확고한 목적의식을 가진 사람은 탁월함과 성취를 이룬 사람이다. 그는 성공과 위대함과 힘을 성취한 사람이다.

장애물들은 목적의식을 가진 사람의 호승지심을 자극한다. 어려움들은 그에게 용기를 내어 새롭게 분투하게 만든다. 실수와 패배와 고통은 그를 굴복시키지 못한다. 실패는 성공의 사다리를 구성하는 발판이다. 그는 언제나 최종적인 성취의 확실성을 의식하고 있기 때문이다.

모든 것들은 마침내 고요하고 저항할 수 없으며 그 무엇이든 정복하는 목적의식의 에너지에 굴복하고 마는 것이다.

성취는 기쁨으로 보상받는다

성공적으로 달성한 과업에는 언제나 기쁨이 수반된다. 어떤 일이 완료되거나 어떤 작품이 완성되면 언제나 휴식과 만족이 뒤따른다.

"자신의 의무를 완수했을 때 그 사람의 마음은 가볍고 행복하다." 에머슨의 말이다. 그 일이 아무리 사소해 보일지라도 전력을 기울여 성실하게 그것을 수행하면 마음은 언제나 명랑하고 평화로울 것이다.

모든 불쌍한 사람들 가운데 가장 불쌍한 사람은

게으름뱅이다. 노력과 분투를 요구하는 어려운 의무들과 필수적인 과업들을 기피하면서 안락과 행복을 찾으려고 생각할 때, 그의 마음은 늘 불편하고 불안하다. 그는 내면의 수치심으로 마음이 무거워지고 당당함과 자존감을 잃어버린다.

칼라일은 이렇게 말했다. "자신의 능력에 따라 일하려 하지 않는 자는 자신의 필요에 따라 죽게 하라." 의무를 회피하고 자신의 역량을 완전히 발휘하여 일하지 않는 사람이 실제로 죽음에 이른다는 것은 하나의 도덕 법칙이다. 그런 사람은 먼저 인격이 죽고 최종적으로 그의 신체와 그를 둘러싼 환경이 소멸한다. 생명과 활동은 동의어다. 어떤 사람이 신체적으로든 정신적으로든 노력하기를 회피하는 순간, 그는 쇠퇴하기 시작한다.

반면에, 활력이 넘치는 이들은 자신이 가진 힘을 최대한 발휘하고 어려움들을 극복하며, 마음이나 근육의 격렬한 사용을 요구하는 과업들을 완수함으로써 자신의 삶을 확장시킨다.

오랜 노력 끝에 한 과목을 마스터한 학생은 얼마나 행복한가! 여러 달 혹은 여러 해 동안의 단련과 긴장을 통해 신체를 훈련한 운동선수는 증진된 건강과 힘으로 풍성하게 보상받는다. 또 운동 시합에 나가서 받은 상을 들고 집으로 가면 친구들의 축하를 받는다. 여러 해 동안 힘겨운 노고를 기울인 학자의 마음에는 학식이 부여하는 이점과 힘 덕분에 기쁨이 밀려든다. 골치 아픈 문제들과 끊임없이 씨름한 사업가는 자신의 성공에서 기인한 행복한 자신감으로 충분한 보상을 받는다. 척박한 토양과 치열하게 대결을 펼친

원에가는 마침내 자리에 앉아서 자신의 노력으로 거둔 열매를 먹는다.

모든 성공적인 성취는, 세속적인 것들에서조차 성취 그 자체가 주는 기쁨으로 보상받는다. 정신적인 것들에서도 목표 달성에 수반되는 기쁨은 확실하고 깊고 지속적이다. 수포로 돌아간 수많은 시도들 끝에, 뿌리 깊은 성격의 결함들을 물리침으로써 그것이 더 이상 자신과 세상에 아무런 문제도 일으키지 않게 되었을 때 느끼게 되는 기쁨은 (비록 형언할 수는 없겠지만) 어마어마하다. 덕성을 추구하는 사람(고결한 인격을 구축하는 신성한 과업에 매진하는 사람)은 자아를 정복하는 걸음걸음마다 다시는 사라지지 않고 정신적 본성의 한 부분이 될 기쁨을 맛본다.

모든 삶은 투쟁이다. 외부적인 삶과 내면적인 삶

양쪽 모두에는 인간이 맞서서 싸워야 하는 조건들이 있다. 인간의 존재 자체는 일련의 노력과 성취로 이루어져 있다. 그가 사람들 사이에서 유용한 존재로 남을 수 있는 권리는, 외부적인 자연의 요소들이나 내부적인 덕성과 진리의 적들에 맞서 성공적으로 싸울 수 있는 역량의 정도에 달려 있다.

최고의 노력으로 진리를 성취하라

인간에게는 더 나은 것들과 더 큰 완벽함과 더 높은 성취를 좇아 계속해서 노력할 것이 요구된다. 그가 이러한 요구에 복종하는 정도에 따라 기쁨이라는 천사는 그의 걸음걸음을 시중들고 그를 보살펴준다. 배우기를 갈망하고 알기를 열망하며 목적을 성취하기 위해 노력을 기울이는 사람은 우주의 중심에서 영원히 울려 퍼지는 기쁨을 발견하기 때문이다. 처음에는 작은 일들을 할 때, 그다음에는 더 커다란 일들을 할 때, 이어서 훨씬 더 커다란 일들을 할 때 인간은 분투해야 한다. 마침내 그가 최고의 노력을 기울여 진리 성취를 위해 분투할 준비가 되면, 그 속에서 거두게 될 성공은 영원한 기쁨을 실현하게 될 것이다.

삶의 대가는 노력이고 노력의 절정은 성취이며 성취의 보상은 기쁨이다. 자신의 이기심에 맞서 분투하는 사람은 복이 있나니, 그는 성취의 기쁨을 온전히 맛볼 것이다.

2부

평화에 이르는 길

신성한 평화로 이끄는 명상의 힘

영적인 명상은 신성함에 이르는 길이다. 그것은 지상에서 천국으로, 오류에서 진리로, 고통에서 평화로 이어주는 신비로운 사다리다. 모든 성자들은 그 사다리를 타고 올라갔다. 모든 죄지은 자들은 조만간 그 사다리로 가야 한다. 자아와 세상을 등지고 결연하게 하느님의 집(Father's Home)을 향하고 있는 모든 지친 순례자들은 명상의 황금빛 영역에 굳건히 자리를 잡아야 한다. 명상의 도움이 없이는 신성한 나라와 신성한 평화 속으로 들어갈 수 없을 것이고, 신적인 존재를 닮아갈 수 없을 것이며, 훼손되지 않은 진리의 즐거움을 맛볼 수 없을 것이다.

명상이란 어떤 생각이나 주제를 철저하게 이해하려는 목적으로 그것을 치열하게 곱씹는 것이다. 무엇에 대해서건 끊임없이 명상하면, 당신은 그것을 이해하게 될 뿐만 아니라 점점 더 그것을 닮아가게 된다. 그것이 당신의 존재 속으로 흡수되어 마침내 당신 자신이 되기 때문이다. 만일 당신이 이기적이고 천박한 생각을 끊임없이 곱씹는다면 당신은 결국 이기적이고 천박한 사람이 될 것이다. 만일 당신이 순수하고 이타적인 것을 끊임없이 생각한다면 당신은 틀림없이 순수하고 이타적인 사람이 될 것이다.

당신이 가장 자주 그리고 가장 집중적으로 생각

하는 것이 무엇인지 말해준다면, 그리고 고요한 시간에 당신의 마음이 자연스럽게 기우는 것이 무엇인지 말해준다면, 나는 당신이 고통의 장소를 여행하고 있는지 평화의 장소를 여행하고 있는지를 알려줄 것이다. 또 당신이 신을 닮아가고 있는지 짐승을 닮아가고 있는지를 알려줄 것이다.

인간은 평소에 가장 많이 생각하는 대로 변해가는 불가피한 경향이 있다. 그러므로 당신이 하는 명상의 목표는 아래가 아니라 위를 향해야 한다. 그래야만 당신이 명상을 할 때마다 당신의 정신이 고양되는 것이다. 명상은 어떤 이기적인 요소와도 섞이지 않은 채 순수해야 한다. 그래야만 당신의 마음이 오염되어 더욱 절망적으로 오류에 끌려가는 것이 아니라, 깨끗이 정화되어 진리에 더 가까이 다가가게 될 것이다.

명상은 영원한 실재에 다가가는 과정

여기서 말하고 있는 영적인 의미에서의 명상은 정신적 삶과 지식의 영역에서 이루어지는 모든 성장의 비결이다. 모든 예언자와 성현과 구세주는 명상의 힘으로 그런 존재가 되었다. 붓다는 진리에 대해 명상한 끝에 "내가 곧 진리다"라고 선언할 수 있었다. 예수는 신의 내재성에 대해 깊이 생각한 끝에 "나와 아버지는 하나다"라고 선언할 수 있었다.

신성한 실재에 초점을 맞춘 명상이 바로 기도의 정수이자 본질이다. 명상은 우리의 영혼이 영원한 실재들에게로 조용히 다가가는 과정이다. 명상을 수반하지 않은 채 단지 뭔가를 탄원하는 기도는, 마치 영혼 없는 육체처럼 무력해서 우리의 마음을 죄와 고통에서 끌어올릴 수 없다.

만일 당신이 매일처럼 지혜와 평화와 고결한 순수함을 달라고 기도하고, 진리를 완전히 이해하게 해달라고 기도하는데도 당신이 간구하는 것들이 여전히 실현될 조짐이 없다면, 그것은 당신의 생각과 행동이 당신이 간구하는 것들과 따로 논다는 것을 의미한다.

만일 당신이 간구하는 순수한 실재들에 접근하는 것을 방해하는 이기적인 집착에서 당신의 마음을 내려놓는다면, 만일 당신이 가질 자격이 없는 것들이나 당신이 타인들에게 주기를 거부하는 사랑과 연민을 달라고 신에게 더 이상 요청하지 않는다면, 그리고 진리의 정신 속에서 생각하고 행동하기 시작한다면, 당신은 하루하루 그런 실재들에 다가가게 될 것이며 궁극적으로는 그것들과 하나가 될 것이다.

천상의 이득에는 노력이 필요하다

세속적 이득을 확보하고자 하는 사람은 기꺼이 그것을 위해 열심히 일해야 한다. 팔짱을 끼고 기다리면서 단지 바라기만 하면 세속적 이득이 자신에게 올 거라고 기대하는 사람은 참으로 어리석다 할 것이다. 그렇다면, 노력하지 않고도 천상의 보배를 획득할 수 있다고 헛되이 상상해서는 안 된다. 진리의 왕국에서 열심히 일하기 시작할 때에만 당신은 '생명의 빵'을 나눠 받는 것을 허락받을 것이다. 그리고 꾸준하고 불평 없는 노력을 통해 자신이 요구하는 영적인 보수를 벌게 되었을 때에만 그 보수가 지급될 것이다.

만일 당신이 자신의 만족뿐만 아니라 진리를 진정으로 추구한다면, 만일 당신이 모든 세속적 즐거움과 이득보다, 심지어 행복 그 자체보다 진리를 더 사랑한다면 당신은 진리의 성취를 위해 필요한 노력을 기꺼이 하게 될 것이다.

만일 당신이 죄와 슬픔에서 자유롭고자 한다면, 만일 당신이 그토록 간구하는 흠결 없는 순수함을 맛보고자 한다면, 만일 당신이 깊고도 지속적인 평화를 확보하고자 한다면, 지금 바로 명상의 길로 들어가야 하며 진리가 그 명상이 지향하는 최고의 목표가 되도록 해야 한다.

명상은 처음부터 게으른 몽상과는 구별되어야 한다. 명상에는 그 어떤 꿈같고 비현실적인 요소가 없다. 명상은 단순하고 적나라한 진리 말고 그 어떤 것도 용납하지 않는 생각을 아무런 타협 없이 탐구하는 과정이다. 그런 명상을 함으로써 당신은 더 이상 자신의 편견 속에서 스스로를 구축하려고 노력하지 않게 될 것이다. 오히려 자아를 잊고 당신이 진리를 추구하고 있다는 사실만 기억하게 될 것이다. 그래서 당신은 과거에 자기 주변에 쌓아올렸던 오류들을 하나씩 하나씩 제거할 것이며, 그 오류들이 충분히 제거되었을 때 나타나게 될 진리의 계시를 끈기 있게 기다릴 것이다. 고요하게 겸손해진 마음으로 당신은 다음과 같은 진리를 깨닫게 될 것이다.

우리 모두의 마음속 가장 깊은 곳에는
하나의 중심이 있다.
그곳에 온전한 진리가 머문다.
그리고 그 진리 둘레를
역겨운 육신이 겹겹이 에워싸고 있다.
이 완벽하고 명료한 인식을

차단하고 왜곡하는 육욕의 그물이
진리를 눈멀게 하고 오류에 빠지게 한다.
그러므로 진리를 깨닫는 것은
외부에 있을 법한 빛을 끌어들이는 데
있는 것이 아니라
그 감옥에 갇혀 있는 광채가 탈출할 수 있는
통로를 내는 데 있다.

이른 아침 명상의 세계로

하루 중에서 명상할 수 있는 일정한 시간을 골라 그 시간을 당신의 목적에 온전히 바치도록 하라. 가장 좋은 시간은 휴식의 기운이 만물을 감싸고 있는 아주 이른 아침이다. 그때 모든 자연의 조건들이 당신에게 우호적으로 작용한다. 육체가 기나긴 밤 시간 동안 음식을 섭취하지 못한 뒤라 열정은 가라앉고, 전날의 흥분과 걱정은 사라지며, 푹 쉬어서 강해진 마음은 영적인 가르침을 잘 받아들이게 될 것이다. 당신이 가장 먼저 해야 할 노력은 무기력과 방종을 물리치는 것이며, 이를 거부한다면 더 이상 나아갈 수 없을 것이다. 영혼의 요구는 반드시 이행해야 하는 명령이기 때문이다.

영적으로 깨어 있는 것은 정신적으로 육체적으로 깨어 있는 것이기도 하다. 나태한 사람들과 방종한 사람들은 진리에 관한 지식을 절대 얻을 수 없다. 건강과 기력을 가지고 있으면서도 나른한 방종 속에서 고요하고 소중한 아침 시간을 낭비하는 사람은 천상의 경지에 오르기에 결코 적합하지 않는다.

별들이 빛을 잃기 전에 잠자리에서 일어나라

각성된 의식이 고결한 가능성들을 향해 생생히 살아 있어 이 세상을 둘러싼 무지의 어둠을 물리치기 시작하는 사람은 별들이 그 빛을 잃기 전에 잠자리에서 일어난다. 그리하여 그는 자신의 영혼 속에 있는 어둠을 붙들고 싸우며, 아직 깨어나지 않은 세상이 꿈을 꾸고 있는 동안에도 진리의 빛을 감지하기 위해 분투한다.

위대한 이들이 도달하고 머물렀던 경지는
한순간의 비상(飛上)으로 얻은 것이 아니다.
한밤중에 동료들이 잠들어 있는 동안에도 그들은
위를 향해 한 걸음 한 걸음 올라갔다.

아침 일찍 일어나지 않았던 그 어떤 성자도, 성인도, 진리의 스승도 이 세상에 존재한 적이 없다. 예수는 습관적으로 일찍 일어나 하느님과 교감을 나누기 위해 외딴 산들을 올랐다. 붓다는 늘 해 뜨기 한 시간 전에 일어나 명상에 들었으며, 그의 제자들도 모두 이를 따르도록 시켰다.

만일 당신이 아주 이른 시간에 하루 일과를 시작해야 해서 그 시간을 체계적인 명상에 쓸 수 없다면, 저녁에 한 시간을 확보하도록 시도해보라. 당신의 일과가 너무 길고 힘들어서 이마저 할 수 없다 하더라도 절망할 필요는 없다. 일하는 틈틈이, 혹은 지금은 아무 목적 없이 낭비하는 단 몇 분의 한가한 시간에도 신성한 명상 속에서 당신의 생각을 고양시킬 수 있기 때문이다. 만일 당신의 일이 숙달을 통해 자동적으로 할 수 있는 종류라면, 그 일을 하는 동안 명상을 할 수 있다.

유명한 기독교 성자이자 철학자인 야콥 뵈메는 제화공으로 장시간 일하는 동안 사물에 대한 방대한 지식을 깨달았다. 모든 사람의 생활 속에는 생각할 시간이 있으며, 가장 바쁘고 가장 고된 시간에도 간절한 염원과 명상은 차단되지 않는다.

명상은 슬픔과 유혹을 떨치게 해준다

영적인 명상과 자기 수양은 분리될 수 없다. 그러므로 당신은 자기 자신에 대한 이해를 시도하기 위해 스스로에 대한 명상을 시작하게 될 것이다. 당신이 견지해야 할 위대한 목표는, 진리를 깨닫기 위해 자신의 모든 잘못들을 완전히 제거하는 것이다. 당신은 자신의 동기들과 생각들과 행동들에 의문을 제기하고 그것들을 당신의 이상과 비교하며, 평온하고 공정한 눈으로 그것들을 관찰하려고 노력할 것이다. 이런 방식으로 당신은 한층 높은 정신적, 영적 평정을 지속적으로 얻게 될 것이다. 이런 평정이 없다면, 인간은 인생이란 바다에 뜬 무력한 지푸라기에 불과하다.

만일 당신이 증오와 분노에 빠져 있다면 관용과 용서에 대해 명상하게 될 것이다. 그리하여 당신은 스스로의 가혹하고 어리석은 행동을 실제로 인식하게 된다. 이윽고 당신은 사랑과 관용과 용서에 관해 숙고하기 시작할 것이다. 당신이 고귀한 것으로 천박한 것을 극복함에 따라, 신성한 사랑의 법칙에 관한 지식이 점진적으로 조용하게 당신의 마음속에 스며들 것이다. 이와 더불어 당신은 삶과 행동의 모든 복잡한 내용들에 대해 작용하는 그 법칙의 영향을 이해하게 될 것이다.

이 지식을 자신의 모든 생각과 말과 행동에 적용할 때 당신은 더욱더 관대해지고 더욱더 타인을 사랑하게 되며 더욱더 성스러워진다. 이에 따라 모든 잘못과 이기적인 욕망과 인간적 약점은 약화된다. 명상의 힘으로 이것들을 극복하고 모든 죄와 잘못을 몰아내고 나면, 더욱 완전하고 선명한 진리의 빛이 순례자의 영혼을 비춰준다.

이렇게 명상을 함으로써 당신은 자신의 유일한 진짜 적인 이기적이고 부패한 자아에 맞서 스스로를 끊임없이 강화하게 될 것이며, 진리와 분리될 수 없는 신성한 불멸의 자아 속에서 더욱더 단단하게 스스로를 구축하게 될 것이다.

명상의 직접적인 결과물은 삶이라는 투쟁 속에서 당신이 머물러 쉴 수 있는 장소를 제공하는 고요하고 영적인 힘일 것이다. 신성한 생각이 갖는 극복의 힘은 위대하다. 조용한 명상의 시간 속에서 얻는 힘과 지식은 갈등과 슬픔과 유혹의 시기에도 당신의 영혼을 풍성하게 해줄 것이다.

명상의 힘을 통해 지혜가 성장함에 따라, 당신은 변덕스럽고 가변적이며 슬픔과 고통을 낳는 이기적 욕망들을 점점 더 버리게 될 것이다. 명상의 힘을 통해 끈기와 믿음이 커짐에 따라, 당신은 변하지 않는 원칙들 위에 자리를 잡고 천상의 휴식을 실현하게 될 것이다.

신성한 원칙들을 신뢰하라

명상의 용도는 영원한 원칙에 대한 깨달음을 얻는 것이고, 명상에서 나오는 힘은 이 원칙 속에 머물고 그것들을 신뢰함으로써 영원한 존재와 하나 되는 능력이다. 그러므로 명상의 목적은 진리와 신에 대한 직접적인 이해이며, 신성하고 심오한 평화의 실현이다.

당신이 지금 머물고 있는 윤리적 기반에서 명상을 시작하라. 꾸준한 인내를 통해 진리 속으로 성장할 수 있다는 점을 기억하라. 만일 당신이 정통 기독교인이라면, 예수의 흠결 없는 순수함과 신성한 탁월함에 관해 끊임없이 명상하고 그의 모든 계율을 당신의 내면적 삶과 외면적 행동에 적용하라. 그렇게 함으로써 당신은 그의 완전함을 향해 점점 더 가까이 다가갈 수 있다.

진리의 법칙에 관해 명상하기를 거부하고 자신의 구세주가 부여한 계율의 실천을 거부하면서, 형식적인 숭배와 특정한 교리에 대한 집착과 죄와 고통의 끊임없는 순환에 만족하는 종교인이 되지는 마라.

편파적 신들과 당파적 교리들에 대한 모든 이기적 집착, 죽은 형식과 무지를 명상의 힘으로 극복하도록 노력하라. 이처럼 순수한 진리에 마음을 고정한 채 지혜의 고속도로를 걸어가는 동안, 당신은 진리를 깨닫기 전에는 중간에 어떤 정류장도 없다는 것을 알게 될 것이다. 성실하게 명상하는 사람은 멀리 떨어져 있는 진리를 먼저 감지하게 되고, 이어서 일상적인 명상의 실천을 통해 진리를 깨닫게 된다. 진리의 명령을 실행하는 사람만이 진리의 핵심을 알 수 있다. 비록 진리가 순수한 생각을 통해 인지된다 하더라도, 그것은 오직 실천에 의해서만 실현되기 때문이다.

붓다의 다섯 가지 위대한 명상

신성한 고타마 붓다는 이렇게 말했다. "허영심에 자신을 내던지고, 명상에 몰두하지 않으며, 삶의 진정한 목적을 잊고 쾌락을 좇는 사람은 결국 명상에 매진한 사람을 부러워하게 될 것이다." 그리고 그는 자신의 제자들에게 다음과 같은 '다섯 가지 위대한 명상'을 가르쳤다.

"첫 번째 명상은 사랑의 명상이다. 그 속에서 마음을 잘 조절함으로써 너희는 자신의 원수들까지 포함하는 모든 존재의 이익과 행복을 열망하게 된다."

"두 번째 명상은 연민의 명상이다. 그 속에서 너희

는 고통받는 모든 존재에 대해 생각하게 된다. 그들의 슬픔과 걱정을 상상 속에서 생생하게 떠올림으로써 자신의 영혼 속에 그들을 위한 깊은 동정심이 일어나게 된다."

"세 번째 명상은 기쁨의 명상이다. 그 속에서 너희는 타인들의 번영에 대해 생각하게 되며, 그들의 즐거움과 더불어 즐거워하게 된다."

"네 번째 명상은 불순함의 명상이다. 그 속에서 너희는 타락의 악한 결과, 죄와 병폐의 결과에 대해 숙고하게 된다. 이는 순간의 쾌락이 얼마나 보잘것없는지, 그 결과가 얼마나 치명적인지에 대해 숙고하는 것이다."

"다섯 번째 명상은 평정의 명상이다. 그 속에서 너희는 사랑과 증오, 폭정과 억압, 부와 빈곤을 초월하여 자신의 운명을 불편부당한 냉정함과 완벽한 평온함으로 바라보게 된다."

진리의 빛을 향해 영혼을 열어라

이런 명상들에 매진함으로써 붓다의 제자들은 진리에 관한 깨달음에 도달했다. 하지만 목적이 진리인 한, 신성한 마음과 떳떳한 삶을 의미하는 정의에 대한 허기와 갈증을 지니고 있는 한, 이와 같은 특정한 명상들에 매진하는지 여부는 그리 중요하지 않다.

그러므로 명상을 할 때는, 계속 넓어지는 사랑과 더불어 당신의 마음도 성장하고 확장되도록 하라. 그 마음이 모든 증오와 욕망과 비난에서 자유로워지고 사려 깊은 다정함으로 전 우주를 감싸 안을 때까지 그렇게 하라. 마치 꽃이 아침 햇살을 받으려고 꽃잎을 벌리듯, 진리의 빛을 향해 영혼을 더욱더 많이 열어라. 간절한 염원의 날개를 타고 치솟아 올라라. 두려움을 떨치고 가장 높은 가능성의 경지를 믿어라.

절대적인 온화함을 품은 삶이 가능하다는 것을 믿어라. 때 묻지 않은 순수함을 품은 삶이 가능하다는 것을 믿어라. 완벽한 신성함을 품은 삶이 가능하다는 것을 믿어라. 최고의 진리를 깨닫는 것이 가능하다는 것을 믿어라. 그렇게 믿는 사람은 천상의 언덕을 신속하게 올라가는 반면, 믿지 못하는 사람들은 안개 자욱한 계곡에서 음울하고 고통스럽게 손으로 바닥을 더듬는 것만을 계속한다.

그렇게 믿고 그렇게 염원하고 그렇게 명상함으로써 당신의 영적인 경험들은 신성하리만치 달콤하고 아름다워지며, 내면의 시야를 황홀하게 만들 계시들은 장엄해질 것이다. 당신이 신성한 사랑과 신성한 정의와 신성한 순수함, 그리고 선의 법칙 혹은 신의 법칙을 깨달음에 따라 당신의 행복은 커질 것이고 당신의 평화는 깊어질 것이다.

낡은 것들은 사라질 것이며 모든 것들은 새로워질 것이다. 오류의 눈에는 너무나 촘촘하고 두껍지만 진리의 눈에는 너무나 얇고 투명한 물질세계의 베일이 걷히고 정신세계가 그 모습을 드러낼 것이다. 시간은 멈추고 당신은 오직 영원 속에서 살게 될 것이다. 변화와 죽음이 더 이상 당신에게 걱정과 슬픔을 초래하지 않을 것이다. 당신은 불변의 세계 속에 정착하게 될 것이며 불멸의 한가운데 살게 될 것이기 때문이다.

마음속 두 주인, 자아와 진리

영혼의 전쟁터에서는 언제나 두 주인이 최고의 지위, 즉 마음의 왕권과 지배권을 놓고 겨루고 있다. '이 세상의 군주'라고도 불리는 자아라는 주인과 '아버지 하느님'이라고도 불리는 진리라는 주인이 바로 그들이다. 자아는 격정, 자만심, 탐욕, 허영심, 아집을 비롯한 어둠의 도구들로 무장한 반항적 주인이다. 진리는 관대함, 인내심, 순수함, 희생, 겸손, 사랑을 비롯한 빛의 도구들로 무장한 온화하고 겸손한 주인이다.

모든 인간의 영혼 속에서 두 주인들 사이의 전투가 수행되고 있다. 한 병사가 적대적인 두 군대에 동시에 소속될 수 없는 까닭에 모든 마음은 자아의 군대나 진리의 군대 중 하나에 징집된다. 마음을 절반으로 쪼개어 두 쪽 모두에 가담할 수는 없다. "자아가 있고 진리가 있다. 자아가 있는 곳에 진리는 존재하지 않는다. 진리가 있는 곳에 자아는 존재하지 않는다." 진리의 스승인 붓다가 한 말이다. 구세주 예수는 이렇게 말했다. "아무도 두 주인을 섬길 수 없다. 그런 경우, 한 주인을 증오하고 다른 주인을 사랑하거나, 한 주인을 고수하고 다른 주인을 멸시할 것이기 때문이다. 너희는 하느님과 금전을 동시에 섬길 수 없다."

진리는 너무나 단순하며 결코 정도를 벗어나거나 타협하지 않는 까닭에, 그 어떤 복잡함도 갈림길도 조건도 용인하지 않는다. 교묘하고 뒤틀린 자아는 교활하고 음험한 욕망들에 지배당하며, 끝없는 갈림길과 조건들을 용인한다. 착각 속에서 자아를 숭배하는 자들은 자신들이 모든 세속적 욕망들을 충족시키는 동시에 진리를 소유할 수 있다고 헛되이 상상한다. 하지만 진리를 사랑하는 자들은 자아를 희생하여 진리를 숭배하며, 속된 마음과 자아의 추구에서 끊임없이 스스로를 지켜낸다.

진리를 원한다면 자아를 단념하라

당신은 진리를 이해하고 깨닫기를 추구하는가? 그렇다면 최대한 자아를 희생하고 단념할 준비가 되어 있어야 한다. 자아의 마지막 흔적이 사라졌을 때에만 가장 영광스러운 진리가 감지되고 인식될 수 있기 때문이다.

영원한 구세주 예수는 자신의 제자가 되려는 사람은 '매일 스스로를 부정'해야 한다고 선언했다. 당신은 기꺼이 스스로를 부정하고 자신의 욕망과 편견과 의견을 포기할 준비가 되어 있는가? 그렇다면 당신은 진리의 좁은 길에 들어갈 수 있으며, 세상에는 존재하지 않는 평화를 발견할 수 있을 것이다. 자아의 절대적 부정과 철저한 소멸이 진리의 완벽한 상태이며, 모든 종교와 철학은 바로 이런 최고의 성취를 돕는 보조물에 불과하다.

자아는 진리의 부정이다. 진리는 자아의 부정이다. 자아를 죽게 함으로써 당신은 진리 속에서 다시 태어날 것이다. 자아에 집착함으로써 진리는 당신에게서 모습을 숨길 것이다.

자아에 집착할 때 당신이 가는 길은 고난으로 점철될 것이며, 반복되는 고통과 슬픔과 실망이 당신의 몫이 될 것이다. 진리 속에는 어떤 고난도 없으며, 당신은 진리에 다가감에 따라 모든 슬픔과 실망에서 자유로워질 것이다.

진리 그 자체는 숨어 있거나 어둡지 않다. 그것은 언제나 드러나 있고 완벽하게 투명하다. 하지만 맹목적이고 치우친 마음은 그것을 감지할 수 없다. 한낮의 빛은 맹인들 말고는 누구나 볼 수 있으며, 진리의 빛은 자아에 눈먼 사람들 말고는 누구나 볼 수 있다.

진리는 우주 안에 있는 유일한 실재다. 진리는 내적인 조화이고 완벽한 정의이며 영원한 사랑이다. 아무것도 그것에 덧붙이거나 떼어낼 수 없다. 진리는 아무에게도 의지하지 않지만 모든 사람들은 진리에 의지한다.

자아의 눈을 통해 보고 있는 동안에는 진리의 아름다움을 감지할 수 없다. 만일 당신이 허영심이 많다면 자신의 허영심으로 모든 것을 색칠할 것이다. 만일 당신이 욕정에 가득 차 있다면, 당신의 가슴과 마음은 열정의 연기와 불꽃으로 잔뜩 흐려져서 모든 것이 왜곡되어 보일 것이다. 만일 당신이 자만심과 아집이 강하다면, 전 우주를 통틀어도 자신의 의견이 지닌 영향력과 중요성 외에는 아무것도 보지 못할 것이다.

자아에 사로잡힌 사람과 진리에 사로잡힌 사람을 뚜렷하게 구별하는 한 가지 특성이 있다. 그것은 바로 겸손이다. 허영심과 완고함과 자만심에서 자유로울 뿐만 아니라 자신의 의견이 무가치하다고 여기는 것, 이것이 진정한 겸손이다.

진리는 단 하나의 진정한 종교다

자아에 몰두하는 사람은 자신의 의견을 진리라고 간주하고 타인들의 의견을 오류라고 간주한다. 하지만 의견과 진리를 구분하는 법을 배우고 진리를 사랑하는 겸손한 사람은 모든 사람들을 자비의 눈으로 바라보고, 그들의 의견에 맞서 자신의 의견을 방어하려고 애쓰지 않는다. 그는 자신이 더 사랑할 수 있고 진리의 정신이라고 주장할 수 있는 의견들을 희생시킨다. 본질적으로 진리란 설명할 수 없으며, 단지 그것에 따라 살 수 있을 뿐이기 때문이다. 가장 큰 자비심을 가진 사람이 가장 큰 진리를 가진 사람인 것이다.

사람들은 열띤 논쟁에 휘말리면서, 어리석게도 자신이 진리를 옹호하고 있다고 상상한다. 실제로 그들은 자신의 사소한 이익이나 취약한 의견을 옹호하고 있을 뿐이다. 자아의 추종자는 타인에 맞서 무기를 들고 진리의 추종자는 자신에 맞서 무기를 든다. 변함없고 영원한 진리는 당신의 의견이나 나의 의견과는 아무 관계가 없다. 우리는 진리 속으로 들어가거나 진리 밖에서 머물 수 있을 따름이다. 우리의 공방은 변죽만 울릴 뿐이며, 결국 그것은 우리 자신에게로 향하게 된다.

자아의 노예가 되어 격정적이고 자만심이 강하며 비방하기 좋아하는 사람들은 자신이 속한 특정한 교리나 종교가 진리이며 다른 모든 종교는 잘못되었다고 믿는다. 따라서 그들은 열성적으로 타인들을 개종시키려 한다. 그러나 세상에는 단 하나의 종교, 즉 진리라는 종교가 있을 뿐이다. 세상에는 단 하나의 오류, 즉 자아라는 오류가 있을 뿐이다. 진리는 형식적인 믿음이 아니다. 그것은 자아를 버리고 간절히 염원하는 신성한 마음이다. 진리를 품은 사람은 모든 이들과 평화롭게 지내며 모든 이들을 소중히 여긴다.

자신의 마음과 가슴과 행동을 조용히 살펴보면, 스스로가 진리의 자식인지 아니면 자아의 숭배자인지 쉽사리 알 수 있다. 당신은 의심, 적개심, 시기심, 자만심 같은 생각들을 품는가? 아니면 이런 생각들과 치열하게 맞서 싸우는가? 만일 당신이 전자라면, 그 어떤 종교를 주장한다 하더라도 당신은 자아의 사슬에 묶여 있는 것이다. 만일 당신이 후자라면, 비록 겉으로는 아무런 종교를 갖고 있지 않더라도 당신은 진리의 자식이 될 수 있는 후보자다.

당신은 격정과 아집이 강하며 늘 자신의 목적을 추구하는가? 방종하고 자기중심적인가? 권력과 리더십에 강한 욕망을 느끼는가? 과시욕과 자화자찬에 빠지는가? 이와 반대로, 당신은 재물에 대한 사랑을 버렸는가? 모든 다툼을 포기했는가? 가장 낮은 자리를 차지하고 눈에 띄지 않는 것에 만족하는가? 스스로에 대해 이야기하기를 그만두었는가? 자기만족적인 자만심을 품고 자신을 바라보기를 그만두었는가? 만일 당신이 전자라면, 비록 하느님을 숭배한다고 상상한다 하더라도 당신의 마음속에 있는 하느님은 자아인 것이다. 만일 당신이 후자라면, 비록 입 밖으로 숭배라는 말을 뱉지는 않더라도 당신은 가장 높은 존재와 더불어 머물고 있는 것이다.

진리를 사랑하는 사람을 알려준다고 알려진 지표들은 결코 틀림이 없다. 에드윈 아놀드 경이 아름답게 번역한 《바가바드기타》에서 성 크리슈나가 언명하고 있는 지표들을 들어보라.

두려움 없고 단순한 영혼,
지혜를 찾아 늘 분투하는 의지,
관대한 손과 절제된 식욕과 동정심,
홀로 하는 공부와 겸손함과 강직함에 대한 사랑,
살아 있는 어떤 것도 해치지 않으려는 세심한 주의,
정직함과 쉽게 노여워하지 않는 마음,
남들이 소중히 여기는 것을 가볍게 포기하는 마음,
평정심과 남의 잘못을 덮어주는 자비심,

고통받는 모든 이들에 대한 다정함,

어떤 욕망에도 흔들리지 않는 자족하는 마음,

온화하고 겸허하며 의젓한 태도,

인내심과 불굴의 용기와 순수함이

고결하게 뒤섞인 당당함,

복수하려 들지 않는 성품,

결코 자신을 과대평가하지 않는 마음.

바로 이것들이 그 지표들이다.

오, 인도의 왕자여! 당신의 두 발이

성스러운 탄생으로 이어지는 올바른 길 위에

우뚝 서 있도다!

오류와 자아라는 기만적인 도로에서 길을 잃은 사람들이 신성함과 진리가 충만한 상태를 뜻하는 '성스러운 탄생'을 잊었을 때, 그들은 서로를 판단하기 위한 인위적인 기준들을 세운다. 또 그들은 진리를 판별하는 시금석으로서 자신들만의 특정한 신학을 받아들이고 그것에 집착한다. 그리하여 사람들은 서로에게 맞서 분열하게 되며, 그 속에는 끊임없는 적개심과 다툼, 끝없는 슬픔과 고통이 존재한다.

내면의 적을 포기하라

독자여, 당신은 그러한 탄생을 진리 속에서 구현하고자 하는가? 거기에는 오직 하나의 방법만이 있을 뿐이다. 자아를 죽게 하라. 당신이 여태까지 집착해온 그 모든 성욕과 식욕과 욕망들, 그 모든 의견과 편협한 관념과 편견들을 자신에게서 떨쳐내라. 그것들이 더 이상 당신을 붙들지 못하게 하면 진리가 당신 것이 될 것이다. 당신의 종교가 다른 모든 종교들보다 우월하다고 간주하지 말고, 자비가 주는 최고의 교훈을 겸손하게 배우도록 노력하라.

당신이 숭배하는 구세주만이 유일한 구세주이며 당신의 형제가 동등하게 진지하고 열정적으로 숭배하는 구세주가 사기꾼이라는 생각에, 너무나 많은 다툼과 슬픔을 낳는 그런 생각에 더 이상 집착하지 말고 신성한 길을 부지런히 추구하라. 그리하면 모든 성자가 인류의 구세주라는 것을 깨닫게 될 것이다.

자아를 포기한다는 것은 단지 외면적인 것들을 포기하는 것만이 아니다. 그것은 내면의 죄와 내면의 잘못에 대한 포기도 포함하고 있다. 단지 사치스러운 옷이나 재물을 포기하는 것, 단지 특정한 음식들을 삼가는 것, 단지 부드러운 말을 하는 것을 통해 진리를 발견할 수는 없다. 오히려 허영심과 물욕을 포기하는 것, 방종에 대한 욕망을 삼가는 것, 모든 증오와 다툼과 이기심을 포기하고 진심으로 관대하고 순수해지는 것으로서만 진리를 발견할 수 있다. 후자가 전자를 포함하고 있는데도, 후자를 실천하지 않고 전자만 행하는 것은 형식주의이자 위선이다.

외부 세계를 단념하고 스스로를 동굴이나 깊은 숲속에 고립시킬 수도 있겠지만, 이는 당신의 모든 이기적인 면들을 지니고 가는 것이다. 만일 이것들을 포기하지 않는다면, 당신은 참으로 심각하게 착각하게 될 것이며 참으로 크게 파멸할 것이다. 당신은 지금 있는 곳에 머물며 자신의 모든 의무를 수행하면서도 세상을 포기하고 내면의 적을 포기할 수 있다. 이 세상에 있으면서도 그에 속하지 않는 것은 최고로 완벽한 경지이고, 가장 축복받은 행복이며, 가장 위대한 승리를 성취하는 것이다.

자아를 포기하는 것이 진리의 길이다.
그러므로 그 길에 들어가라.
증오만큼 큰 슬픔이 없고
격정만큼 큰 고통이 없으며
감각만큼 큰 기만이 없다.
그러므로 그 길에 들어가라.
자기가 좋아하는 나쁜 짓 하나를
발로 밟고 지날 때마나
그만큼 멀리 나아간 것이다.

진리는 심오하고 단순하다

자아를 극복하는 데 성공할 때, 당신은 사물들을 올바른 관계망 속에서 바라보기 시작할 것이다. 격정이나 편견, 호불호에 휘둘리는 사람은 바로 그 특정한 편향으로 모든 것을 왜곡하게 되며, 그 속에서 자신의 망상만을 본다.

모든 격정과 편견, 선호와 편파성에서 절대적으로 자유로운 사람은 있는 그대로의 자신과 있는 그대로의 타인을 본다. 그는 모든 사물들을 적절한 균형과 올바른 관계망 속에서 바라본다. 공격할 것도 방어할 것도 없으며 숨길 것도 지켜야 할 이익도 없기 때문에 그는 평화롭다. 그는 진리의 심오한 단순함을 깨달은 것이다. 이처럼 편향되지 않은 평온하고 행복한 마음의 상태가 진리의 상태이기 때문이다. 이런 상태에 도달한 사람은 천사들과 함께 노닐며 신의 발치에 앉는다.

위대한 법칙을 알고 슬픔의 원천을 알며, 고통의 비밀을 알고 진리 속에서 해방되는 길을 아는 사람이 어떻게 다툼이나 비방에 휘말릴 수 있겠는가. 맹목적이고 자기본위적인 세상이 스스로 두른 환각의 구름에 둘러싸이고 오류와 자아의 어둠 속에 갇혀, 진리의 변함없는 빛을 감지할 수 없다는 것을 그는 알고 있다. 그런 세상이 이미 자아를 죽였거나 죽이고 있는 마음의 심오한 단순함을 결코 이해할 수 없다는 것을 그는 알고 있다. 하지만 그는, 고통스러운 시대가 쌓아올린 슬픔의 무게에 짓눌리고 힘겨워하는 세계의 영혼이 최후의 피난처를 향해 날아가리란 것 또한 알고 있다. 그런 시대가 끝나고 나면 모든 탕아들이 진리의 집으로 돌아올 것이다. 그러므로 그는 모든 사람들에 대한 선의를 유지하고, 아버지가 자신의 빗나간 자녀들에게 보이는 다정한 연민으로 모든 사람들을 바라본다.

자아라는 것이 하나의 망상에 불과한데도 사람들은 자아에 집착하기 때문에, 자아를 믿고 사랑하기 때문에, 자아가 유일한 실재라고 믿기 때문에 진리를 이해할 수 없다.

자아에 대한 믿음과 사랑을 멈출 때 당신은 그것을 버릴 수 있으며, 진리를 향해 날아가 영원한 실재를 발견하게 될 것이다.

모든 고통은 진리 속에서 종식된다

사람들이 사치와 쾌락과 허영이라는 와인에 도취될 때, 삶의 갈증은 이와 더불어 커지고 깊어진다. 그들은 육체적 불멸이라는 꿈으로 스스로를 속인다. 하지만 스스로 뿌린 씨의 열매를 수확하게 되어 고통과 슬픔이 드러날 때, 처참하게 망가져 자아와 자아에 대한 도취를 포기한 그들은 아픈 가슴을 부여잡고 유일한 불멸의 실재를 향해 간다. 그는 모든 망상들을 파괴하는 불멸의 실재, 즉 진리 속에 있는 영적인 불멸의 실재를 향해 가는 것이다.

사람들은 슬픔이라는 어두운 관문을 통과해 악에서 선으로, 자아에서 진리로 가게 된다. 슬픔과 자아는 분리될 수 없기 때문이다. 진리가 주는 평화와 행복 속에서만 모든 슬픔은 사라진다. 소중하게 품었던 계획이 틀어지거나 누군가가 당신의 기대에 미치지 못해 낙담하고 있다면, 그것은 당신이 자아에 집착하고 있기 때문이다. 만일 자신의 행동에 대한 후회로 괴롭다면, 그것은 당신이 자아에 집착하고 있기 때문이다. 만일 자신에 대한 타인의 태도 때문에 분노에 사로잡혀 있다면, 그것은 당신이 자아를 소중히 품고 있기 때문이다. 만일 누군가가 자신에게 한 행동이나 말 때문에 상처받았다면, 그것은 당신이 고통스러운 자아의 길을 걷고 있기 때문이다.

모든 고통은 자아에서 나온다. 모든 고통은 진리 속에서 종식된다. 진리 속으로 들어가 그것을 깨달을 때 당신은 더 이상 실망과 후회와 유감으로 괴로워하지 않게 될 것이며, 슬픔은 당신에게서 떠나게 될 것이다.

자아는 영혼을 묶어둘 수 있는 유일한 감옥이다.

진리는 그 문을 열어줄 수 있는 유일한 천사다.

천사가 그대를 부를 때

재빨리 일어나 그를 따르라.

그가 가는 길이 어둠 속에 놓여 있을지라도

끝내는 그 길이 빛으로 이어진다.

세상의 비애는 스스로 만든 것이다. 슬픔은 영혼을 정화하여 깊어지게 해준다. 슬픔의 극단은 진리의 서곡이다.

당신은 많이 고통스러워했는가? 당신은 깊이 슬퍼했는가? 당신은 삶의 문제를 진지하게 고민했는가? 그렇다면 당신은 자아에 대한 전쟁을 수행해 진리의 제자가 될 준비가 된 것이다.

자아를 포기할 필요성을 알지 못하는 지식인들은 끝도 없는 이론들로 세계를 설명하는 틀을 만들고 그것을 진리라고 부른다. 하지만 만일 당신이 정의를 실천하는 단순한 행동 노선을 추구한다면, 이론 속에서는 찾을 수 없으며 결코 변하지 않는 진리를 깨닫게 될 것이다.

당신의 마음이라는 밭을 일구어라. 그 밭에 사심 없는(selfless) 사랑과 깊은 동정심의 물을 지속적으로 주어라. 사랑과 일치하지 않는 모든 생각들과 느낌들이 그 밭에 들어가지 못하도록 차단하라. 악을 선으로, 증오를 사랑으로, 학대를 관용으로 돌려주고 공격을 받을 때 침묵을 지켜라.

그리하면 당신의 모든 이기적인 욕망들이 사랑의 순금으로 변하게 될 것이며, 자아는 진리 속에서 사라질 것이다. 그리하면 당신은 겸양이라는 가벼운 멍에를 지고 겸손이라는 신성한 옷을 입은 채 사람들 사이를 떳떳하게 걷게 될 것이다.

정신적인 힘의 획득

이 세상은 쾌락과 흥분과 새로운 것을 추구하는 남녀들로 가득 차 있다. 그들은 언제라도 웃음과 눈물을 유발하는 쪽으로 움직이기를 주저하지 않는다. 그들은 강인함과 안정과 힘을 추구하는 것이 아니라, 나약함을 자초하고 자신이 가진 모든 힘을 분산시키는 데 매진하고 있다.

진정한 힘과 영향력을 가진 남녀들은 적다. 소수의 사람들만이 그러한 힘을 획득하는 데 필요한 희생을

치를 준비가 되어 있으며, 그보다 더 적은 사람들이 끈기 있게 인격을 구축할 준비가 되어 있기 때문이다.

변덕스러운 생각들과 충동들에 휘둘리는 것은 나약하고 무기력하기 때문이다. 이러한 힘들을 제어하고 지휘하는 것은 강하고 힘이 있기 때문이다. 강한 동물적 욕망을 가진 사람은 야수의 흉포성을 가지고 있지만 이것은 진정한 힘이 아니다. 물론 힘을 구성하는 요소들이 그 속에 있다. 하지만 이러한 흉포성이 한 차원 높은 지성에 의해 길들여지고 복속될 때, 진정한 힘이 시작되는 것이다. 인간은 한층 더 높은 차원의 지성과 의식으로 스스로를 각성시킴으로써만 그러한 힘을 키울 수 있다.

나약한 사람과 힘이 있는 사람의 차이는 개인적인 의지가 얼마나 강한지에 달려 있는 것이 아니라

(완고한 사람은 대체로 나약하고 어리석다), 의식을 얼마나 집중할 수 있는지에 달려 있다. 이는 진리에 대한 이해의 수준을 반영한다.

쾌락을 추구하는 사람, 흥분을 사랑하는 사람, 새로운 것들을 좇는 사람, 충동과 신경증적인 감정의 희생양이 되는 사람에게는, 우리에게 균형감과 안정감, 영향력을 부여하는 원칙들에 관한 이해가 결여되어 있는 것이다.

파괴할 수 없는 원칙에 따르라

어떤 사람이 자신의 충동들과 이기적인 성향들을 억누르고 자기 안에 있는 더 높고 고요한 의식에 의지하며 원칙 위에 스스로를 세우려 할 때, 그는 힘을 기르기 시작한다. 의식 속에 존재하는 불변의 원칙들을 깨닫는 것은 한층 높은 힘의 원천인 동시에 그 힘을 획득하는 비결이기도 하다.

많은 탐구와 고통과 희생을 치른 끝에 영원한 원칙의 빛이 그의 영혼을 비출 때, 신성한 평온함이 뒤따르고 형언할 수 없는 기쁨이 그의 마음을 즐겁게 한다. 그러한 원칙을 깨달은 사람은 방황을 멈추고 침착함을 유지한다. 그는 '격정의 노예'이기를 멈추고 '운명의 사원'을 짓는 도편수가 된다.

원칙이 아니라 자아의 지배를 받는 사람은 이기적인 안락함이 위협받을 때 공격의 방향을 변경한다. 자신의 이익을 방어하고 보호하는 일에 깊이 몰두하는 그 사람은 자신의 목적에 도움이 되는 모든 수단들을 합법적인 것으로 간주한다. 그는 자신의 적들에 맞서 스스로를 보호할 수 있는 방법을 지속적으로 고안해낸다. 하지만 그는 너무나 자기중심적이어서 스스로가 자신의 적이라는 것을 인식하지 못한다. 그런 사람이 하는 일은 진리와 진정한 힘에서 유리되어 있기 때문에 쉽사리 무너지고 만다. 자아에 토대를 둔 모든 노력은 조만간 소멸한다. 오직 파괴할 수 없는 원칙에 기초하여 이루어진 일만이 내구성을 갖는다.

원칙이 있는 사람은 진정한 힘이 있다

원칙 위에 서 있는 사람은 어떤 환경에 처하더라도 똑같은 차분함과 태연함과 침착함을 유지한다. 시련의 시기가 와서 개인적 안락과 진리 사이에서 결단을 해야 할 때, 그는 안락을 포기하고 단호한 태도를 유지한다. 고문이나 죽음이 예상된다 하더라도, 그것이 그의 결단을 변경시키거나 단념시킬 수 없다. 자아를 따르는 사람은 부와 안락과 생명의 손상을 자기 앞에 닥친 가장 커다란 재앙으로 간주한다. 원칙을 따르는 사람은 이런 사건들을 상대적으로 사소하게 바라보며, 인격의 손상이나 진리의 손상만큼 중요하게 여기지 않는다. 그에게 재앙이라 불릴 수 있는 유일한 사건은 진리를 버리는 것이다.

누가 어둠의 부하이고 누가 빛의 자식인지는 위기가 닥쳐야 판가름할 수 있다. 위협적인 재앙과 파멸과 박해의 시기가 염소와 양을 구분하며, 이어지는 시대들의 경건한 시선 앞에 힘 있는 남녀들을 드러낸다.

어떤 사람이 자신의 소유물들을 즐기고 있는 한, 그가 평화와 형제애와 보편적인 사랑의 원칙들을 믿고 고수한다는 환상을 품기는 쉬운 일이다. 하지만 자신의 즐거움이 실제로 위협받거나 위협받는다고 상상할 때 큰 목소리로 강력하게 전쟁을 요구한다면, 그가 평화와 형제애와 사랑이 아니라 갈등과 이기심과 증오를 믿고 의존한다는 것을 드러내는 것이다.

모든 세속적인 것, 심지어 평판과 생명마저 잃을 거라고 위협받을 때에도 자신의 원칙들을 버리지 않는 사람은 힘이 있는 사람이다. 그가 하는 말과 일은 모두 내구성이 있다. 그는 후세가 존경하고 숭상하고 경배하는 사람인 것이다. 예수는 자신이 의지하는 신성한 사랑의 원칙을 버리기보다 극심한 고통과 박탈을 견디는 편을 택했다. 그리고 오늘날, 세상은 열렬한 흠모의 마음으로 그의 못 박힌 발 아래 엎드린다.

침착과 인내와 평정으로 드러나는 정신적 힘

정신적 원칙들에 대한 깨달음을 의미하는 내면의 자각을 통하지 않고서는 정신적 힘을 획득할 수 없다. 그 원칙들은 끊임없는 실천과 적용을 통해 깨달을 수 있다.

신성한 사랑의 원칙을 선택하여, 그것에 대한 철저한 이해에 도달하겠다는 목적을 갖고 그것에 대해 명상해보라. 그 원칙의 탐조등으로 당신의 모든 습관과 행동, 타인과의 소통, 생각과 욕망을 비춰보라. 당신이 인내심을 갖고 이런 길에 매진함에 따라 신성한 사랑은 더욱더 완전하게 당신에게 모습을 드러낼 것이다. 또 당신의 단점들은 그 사랑과의 더욱 생생한 대비 속에서 뚜렷이 드러나, 당신이 새로운 노력을 기울이도록 자극할 것이다. 일단 그 영원한 원칙을 깨닫게 되면, 당신은 결코 자신의 나약함과 이기심과 불완전함 속에 머물지 않을 것이다. 그리고 당신은 사랑과 상충하는 모든 요소들을 포기할 것이며, 사랑과 완벽한 조화를 이룰 때까지 그 사랑을 추구하게 될 것이다. 그러한 내면의 조화를 이룬 상태가 바로 정신적인 힘이다.

다른 정신적인 원칙들, 예컨대 순수함과 연민 같은 것을 선택하여 똑같은 방식으로 적용해보라. 진리란 인간을 너무나 흥분하게 만드는 것이다. 그러므로 당신은 영혼의 가장 내밀한 의복이 얼룩 하나 없이 깨끗해지고 자신의 마음이 그 어떤 비난의 충동이나 무자비한 충동도 일으킬 수 없을 때까지, 한자리에 머물거나 휴식처를 만들 수 없을 것이다.

이런 원칙들을 이해하고 깨닫고 의지해야만 당신

은 정신적인 힘을 획득할 수 있다. 그 힘은 점점 커지는 침착과 인내와 평정이라는 형태로 당신 속에, 그리고 당신을 통해 자신의 모습을 드러내 보인다.

자신 속에 있는 빛을 따르라

냉정은 탁월한 자기통제를 요구하고 숭고한 인내는 신성한 지식의 특징이다. 삶이 부과하는 모든 의무들과 잡다한 일들 속에서도 손상되지 않는 침착함을 유지하는 것은 힘이 있는 사람의 특징이다. 세상 속에 있을 때 세상의 의견에 따라 사는 것은 쉬운 일이다. 혼자 있을 때 자신의 의견에 따라 사는 것도 쉬운 일이다. 하지만 위대한 사람은 군중 속에서도 완벽한 온화함을 유지한 채 고독의 독립성을 유지하는 사람이다.

어떤 신비주의자들은 냉정의 완성이 이른바 기적을 수행하는 힘의 원천이라고 주장한다. 자신이 가진 모든 내면의 힘들에 대한 너무나 완벽한 통제력을 획득했기에 그 어떤 충격도(그것이 아무리 크다 할지라도) 그 균형을 한순간도 무너뜨릴 수 없는 사람은, 그러한 힘들을 장인의 솜씨로 인도하고 지휘할 수 있음에 틀림없다.

자기통제와 인내와 평정을 키운다는 것은 정신의 견고함과 힘을 키우는 것이다. 어떤 원칙에 대한 의식의 집중을 통해서만 이것이 가능하다. 마치 어린아이가 도움을 받지 않고 걷기 위해 치열한 시도를 수없이 하고 그 과정에서 수없이 넘어진 끝에 마침내 성공하는 것처럼, 당신도 먼저 홀로 서는 것을 통해 정신적인 힘에 이르는 길로 들어서야 한다. 홀로 걷고 사람들 사이에서 우뚝 서는 데 성공할 때까지, 관습과 전통과 인습과 타인의 의견이 가하는 압제에서 달아나야 한다.

자신의 판단에 의지하고 자신의 양심에 진실하며 자신 속에 있는 빛을 따라야 한다. 모든 외부의 빛들은 수많은 도깨비불들이다. 당신이 어리석다고 말하는 사람들이 있을 것이다. 당신의 판단이 틀렸다고 말하는 사람들이 있을 것이다. 당신의 양심이 잘못되었다고 말하는 사람들이 있을 것이다. 당신 속에 있는 빛이 어둠이라고 말하는 사람들이 있을 것이다. 그러나 그들의 말에 주의를 기울이지 마라. 만약 그들의 말이 옳다면, 지혜를 추구하는 사람으로서 당신이 그것을 더 빨리 발견할수록 좋은 일이다. 스스로가 가진 힘을 시험에 들게 함으로써만 그런 발견을 할 수 있다. 그러므로 당신의 길을 용감하게 추구하도록 하라.

원칙의 바위 위에 꿋꿋이 서라

적어도 당신의 양심은 자신의 것이다. 그것을 따르는 것은 용기 있는 선택이며 타인의 양심을 따르는 것은 노예가 되는 길이다. 당신은 수없이 넘어질 것이고, 수많은 부상으로 고통받을 것이며, 한동안은 수없는 요동을 견뎌야 할 것이다. 하지만 확실하고 분명한 승리가 눈앞에 있다고 믿으면서 계속 밀고 나가라.

원칙이라는 바위를 찾고, 그것을 발견하게 되면 그것을 고수하라. 마침내 흔들리지 않게 그 위에 몸을 고정한 채 이기심이라는 파도와 폭풍의 사나움에 맞서는 데 성공할 때까지, 그 바위 위에 꿋꿋이 서라.

모든 형태의 이기심은 방탕이고 나약함이며 죽음이다. 정신적인 측면에서의 무아(無我)는 보존이고 힘이며 생명이다. 정신적인 삶에서 성장하고 원칙들 위에 굳건히 섬에 따라 당신은 그 원칙들만큼이나 아름다워지고 변함이 없게 될 것이고, 그 원칙들이 품은 불멸의 정수를 맛보게 될 것이며, 자신의 내면에 있는 영원하고 파괴될 수 없는 신의 본성을 깨닫게 될 것이다.

내면에 존재하는 무아의 사랑

미켈란젤로는 마주치는 원석마다 그 속에서 자신을 구현해줄 장인의 손길을 기다리고 있는 아름다운 어떤 것을 보았다고 한다. 우리들 각자의 안에도 자신을 드러내줄 성실이라는 장인의 손길과 인내라는 끌을 기다리고 있는 신성한 형상이 들어 있다. 바로 그 신성한 형상은 정결한 무아의 사랑(selfless love, 제임스 앨런은 이 말을 '자아가 없는 사랑'이라는 의미로 사용하고 있다-옮긴이)으로 드러나고 실현된다.

비록 뚫을 수 없을 만큼 딱딱한 껍데기로 뒤덮여 있는 경우가 종종 있지만, 모든 인간의 가슴속 깊은 곳에는 신성한 사랑의 마음이 있다. 이 사랑의 거룩하고 깨끗한 본질은 결코 죽지 않으며 영원하다. 그것은 인간의 내면에 있는 진리고, 최고의 존재에 속한 것이며, 죽지 않는 실재다. 그 밖의 모든 것은 변하고 사라지는 가운데, 이것만이 영원한 불멸의 존재다. 최고의 의로움을 실천하는 와중에 끊임없는 부지런함으로 이 사랑을 깨닫는 것, 그리고 그 속에서 살면서 온전히 깨어 있는 것은 지금 여기에서 불멸의 존재가 되는 길이다. 즉 진리와 하나가 되고 하느님과 하나가 되며 만물의 중심이 되는 마음과 하나가 되는 것이다. 그리고 그것은 우리 자신의 신성하고 영원한 본성을 알게 되는 것이다.

우리가 이런 사랑에 도달하고, 이런 사랑을 이해하고 경험하려면 진심을 다해 끈질기고 부지런하게 노력해야 한다. 인내심을 새롭게 다지고 믿음을 강하게 유지해야 한다. 왜냐하면 신성한 이미지가 자신의 빛나는 아름다움을 모두 드러내기 전에 우리가 제거하고 성취해야 할 것들이 너무나 많기 때문이다.

실패는 실제로 존재하는 것이 아니다

신성한 의지에 도달하고 이를 성취하고자 노력하는 사람은 아주 극심한 시련을 겪을 것이다. 이것은 절대적으로 필요한 과정이다. 그런 방법이 아니라면, 진정한 지혜와 신성함으로 자신을 이끌어줄 지고의 인내심을 어떻게 획득할 수 있겠는가? 그가 자신의 길을 걸어가는 동안, 때로는 자신이 하는 모든 일이 시시해 보이고 자신의 노력이 허비되는 것처럼 보일 것이다. 때로는 서두르다가 자신이 원했던 형상을 망칠 것이며, 어쩌면 자신의 작품이 거의 완성되었다고 생각할 때 처음에 그렸던 신성한 사랑의 아름다운 형상이 완전히 망가진 것을 발견할 수도 있을 것이다. 그렇다면 그는 과거에 겪었던 쓰라린 경험의 인도와 도움을 받아 작업을 다시 시작해야 한다. 하지만 최고의 존재를 깨닫기 위해 굳건하게 노력해온 그 사람은 패배 같은 것은 없다는 사실을 잘 알고 있다.

모든 실패는 일견 분명해 보이지만 실제로 존재하는 것은 아니다. 모든 미끄러짐, 모든 쓰러짐, 이기심으로의 모든 회귀는 지혜라는 황금의 결실을 낳는 교훈이자 경험이다. 이것은 진리를 향해 분투하는 사람이 고결한 목표를 달성하도록 도와준다.

부끄러운 행동을 할 때마다
스스로의 미덕으로
진리를 향한 사다리를 만든다는 것을
깨닫는 것은
우리를 신성한 존재로 어김없이
이끌어주는 길로 들어서는 것이다.

이를 깨달은 사람이 저지르는 실패들은 사실 죽은 자아들이며, 그는 마치 디딤돌을 밟듯 이것들을 발판 삼아 더 높은 곳으로 올라갈 수 있다.

인간적인 사랑과 신성한 사랑

당신이 겪는 실패와 슬픔과 고통이, 당신의 약점과 잘못이 어디에 있으며 당신이 어디에서 진리와 신성함에서 멀어졌는지를 알려주는 목소리들이라고 간주하고 나면 당신은 끊임없이 스스로를 관찰하기 시작할 것이다. 모든 실수와 아픔은 당신이 어디에서 노력을 시작해야 하는지, 당신의 마음이 신성한 존재와 완전한 사랑에 닮아가려면 그 마음에서 무엇을 제거해야 하는지를 보여줄 것이다. 나날이 당신이 내면의 이기심에서 점점 더 멀어지면서 정진함에 따라, 무아의 사랑이 점진적으로 당신에게 모습을 드러내게 될 것이다.

점점 더 당신이 참을성 있고 침착해질 때, 짜증과 분노와 성급함이 당신에게서 사라질 때, 강한 욕망과 편견이 당신을 지배하고 조정하기를 멈출 때, 당신은 신성한 그 무엇이 자신의 내면에서 깨어나는 것을 알게 될 것이다. 또 당신은 평화와 불멸을 부여하는 무아의 사랑에서 자신이 멀리 떨어져 있지 않다는 것을 알게 될 것이다.

신성한 사랑은 그것이 편파적이지 않다는 매우 중요한 지점에서 인간적인 사랑과 구별된다. 인간적인 사랑은 특정한 대상에만 집착하고 그 외의 모든 것은 배제한다. 그 대상이 사라질 때 결과적으로 그것을 사랑하는 사람에게 다가오는 고통은 크고도 깊다. 신성한 사랑은 우주 전체를 끌어안으며, 특정한 부분에 집착하지 않고 자신 속에 전체를 담고 있다. 이기적이고 불순한 요소들이 모두 사라질 때까지 점진적으로 인간적인 사랑을 정화하고 확대함으로써 신성한 사랑에 다가가는 사람은 더 이상 고통받지 않는다.

인간적인 사랑이 고통을 유발하는 것은 그것이 편협하고 제한적이며, 이기심과 뒤섞여 있기 때문이다. 절대적으로 순수해서 스스로를 위해서는 아무것도 추구하지 않는 사랑에서는 어떤 고통도 나올 수 없는 것이다. 그럼에도 인간적인 사랑은 신성한 사랑으로 나아가기 위해 절대적으로 필요한 단계다. 가장 깊고 강렬한 인간적 사랑을 할 수 있기 전에는 그 누구도 신성한 사랑을 맛볼 준비가 된 것이 아니다. 신성한 사랑에 도달하고 그것을 깨닫는 것은 오직 인간적인 사랑과 인간적인 고통을 겪어야만 가능하다.

모든 인간적인 사랑은 그것이 집착하는 대상만큼이나 소멸되기 쉽다. 하지만 이 세상에는 결코 소멸하지 않으며 겉모습에 집착하지 않는 사랑이 존재한다.

모든 인간적인 사랑은 인간적인 증오로 균형이 맞춰진다. 하지만 이 세상에는 반대되는 것이나 반작용을 절대 용인하지 않는 사랑이 있다. 그것은 성스럽고 어떠한 자아의 얼룩도 없으며 자신의 향기를 모두에게 똑같이 뿌려준다.

인간적인 사랑은 신성한 사랑의 반영인 까닭에 슬픔도 변화도 모르는 진정한 사랑 쪽으로 사람들을 더 가까이 이끌어준다.

우리는 고통을 통해 배운다

자신의 가슴에 안겨 있는 핏덩이에게 열렬한 애정을 품고 집착했던 어머니가, 훗날 차가운 땅속에 그 아이가 묻히는 것을 보았을 때 암담한 슬픔의 물결 속으로 휩쓸리는 것은 이해할 만하다. 그녀의 눈에서 눈물이 쏟아지고 가슴이 아픈 것도 이해할 만하다. 바로 이런 슬픔을 통해서만 그녀가 즐거움과 감각 대상의 덧없는 본성을 상기할 수 있으며, 영원한 불멸의 실재에 더 가까이 다가갈 수 있기 때문이다.

연인과 형제와 자매, 남편과 아내가 자신이 사랑하는 대상과 이별할 때 비통해하고 깊은 슬픔에 휩싸이는 것은 이해할 만하다. 이를 통해 그들은 변치 않는 만족만이 존재하는 만물의 보이지 않는 원천으로 자신의 애정을 돌리는 법을 배울 수 있는 것이다.

자부심과 야심을 품고 있는 자기중심적인 사람들이 패배와 굴욕과 불운을 겪고, 타오르는 고통의 불길 속을 통과하는 것은 이해할 만하다. 바로 이런 고난을 통해서만 고집스러운 영혼이 삶의 수수께끼에 대해 숙고할 수 있으며, 그 마음이 부드러워지고 정화되어 진리를 받아들일 준비가 될 수 있기 때문이다.

고통의 비수가 인간적인 사랑의 급소를 찌를 때, 슬픔과 외로움과 배신감이 우정과 신뢰를 먹구름처럼 휘감을 때, 그 마음이 자신을 보호해줄 영원한 사랑으로 향하고 그 고요한 평화 속에서 휴식처를 발견하는 것은 이해할 만하다. 그 누가 이런 사랑을 찾아온다 하더라도 아무런 위안 없이 내쫓기지 않고, 비통함에 찔리지도 슬픔에 휩싸이지도 않으며, 암울한 시련의 시간이 와도 결코 버림받는 일이 없다.

신성한 사랑은 보상을 추구하지 않는다

신성한 사랑의 찬란한 아름다움은 슬픔으로 누그러진 마음속에서만 드러나고, 성스러운 형상은 생명도 형체도 없는 무지와 자아라는 껍데기가 제거되었을 때에만 감지되고 실현된다.

아무런 개인적인 만족이나 보상도 추구하지 않고, 대상을 차별하지 않으며, 아무런 애통함도 남기지 않는 바로 그 사랑만이 신성하다고 불릴 수 있다.

자아와 무정한 악의 그림자에 집착하는 사람들은, 신성한 사랑이란 우리의 손길이 미치지 않는 신에 속한 어떤 것이라고 생각하는 습관에 빠져 있다. 그들은 신성한 사랑이 우리 외부에 있는 어떤 것이기에 영원히 거기에 머물러야 한다고 생각한다. 실제로 신의 사랑은 언제나 자아의 영역 너머에 있다. 하지만 우리의 마음속에서 자아가 제거되는 순간 무아의 사랑, 지고의 사랑, 신이나 선에 속한 사랑이 우리 내면의 변치 않는 실재가 된다.

이와 같은 신성한 사랑의 내면화는, 사람들이 너무나 많이 말하지만 너무나 드물게 이해하고 있는 그리스도의 사랑과 똑같은 것이다. 우리의 영혼을 죄에서 구원할 뿐만 아니라 유혹의 힘에서 건져 올리는 바로 그 사랑 말이다.

숭고한 깨달음을 주는 그리스도의 사랑

어떻게 하면 이런 숭고한 깨달음을 성취할 수 있을까? 이 질문에 대해 진리가 항상 주어왔고 앞으로도 주게 될 대답은 "네 자신을 비워라. 그리하면 내가 너를 채워주리라"이다. 자아가 죽기 전에는 우리가 신성한 사랑을 알 수 없다. 자아란 진리의 부정인데, 이미 알고 있는 것을 어떻게 부정할 수 있겠는가? 영혼의 무덤에서 자아라는 돌멩이가 굴러 나갈 때, 그때까지 십자가에 못 박혀 죽어서 묻혀 있던 불멸의 그리스도가, 순수한 사랑의 정신인 그리스도가 마침내 무지의 굴레를 깨뜨리고 장엄하게 부활하는 것이다.

당신은 나사렛의 그리스도가 죽임을 당했다가 다시 살아난 것을 믿는다. 나는 그렇게 믿는 당신이 잘못되었다고 말하지 않는다. 그러나 만일 당신이 그 관대한 사랑의 정신이 당신의 이기적인 욕망이라는 십자가에 날마다 못 박힌다는 것을 믿지 않는다면, 나는 당신이 잘못되었으며 그리스도의 사랑을 인지하기에는 아직도 멀었다고 말하고 싶다.

당신은 그리스도의 사랑 속에서 구원을 맛보았다고 말한다. 그렇다면 당신은 자신의 성마름과 짜증과 허영심과 개인적 반감, 그리고 타인에 대한 자신의 판단과 비난에서 구원받았는가? 그렇지 않다면 당신은 무엇에서 구원을 받았으며, 사람을 변화시키는 그리스도의 사랑을 어디에서 깨달았단 말인가?

신성한 사랑은 무아의 사랑이다

신성한 사랑을 깨달은 사람은 새로운 존재가 된다. 그는 자아라는 낡은 요소에 휘둘리지도 않고 지배받지도 않게 되었다. 인내심, 순수함, 자기통제, 깊은 자비심, 변치 않는 따뜻함이 그의 특징이다.

신성한 사랑 또는 무아의 사랑은 단지 감상이나

감정에 불과한 것이 아니다. 그것은 악의 지배와 악에 대한 믿음을 무너뜨리고 사람의 영혼을 고양해 최고의 선에 대한 즐거운 깨달음과 지식으로 이끌어주는 사랑이다. 신성한 지혜를 지닌 사람들에게 지식과 사랑은 분리될 수 없는 하나다.

이 신성한 사랑의 완전한 실현을 향해 전 세계가 움직이고 있다. 우주가 존재하게 된 것은 바로 이러한 목적 때문이다. 우리의 영혼이 행복을 붙잡으려 하고 대상과 생각과 이상을 향해 손을 뻗는 것은 그것을 실현하려는 노력이다. 그러나 세계는 지금 이 사랑을 실현하지 못하고 있다. 스쳐 지나가는 그림자를 붙들고 있으며 눈이 멀어 본질을 무시하고 있기 때문이다. 그래서 고통과 슬픔이 지속되고 있으며, 이것은 세계가 스스로 초래한 고통에서 배움을 얻어 무아의 사랑과 고요한 평화로 가득한 지혜를 발견할 때까지 지속되어야 한다.

기꺼이 자아를 극복할 준비가 되어 있고 자아의 포기와 관련된 모든 것을 이해하고자 하는 모든 사람들은 이런 사랑, 이런 지혜, 이런 평화, 이런 마음의 평정을 달성하고 실현할 수 있다.

마음만 먹으면 감옥에서 탈출할 수 있다

우주에는 그 어떤 자의적인 힘도 존재하지 않는다. 사람들을 속박하는 가장 강력한 사슬은 스스로 만든 것이다. 그들은 고통을 초래하는 모든 것들에 사슬로 묶여 있다. 이것은 그들이 사슬에 묶이기를 열망하기 때문이고, 자신의 사슬을 사랑하기 때문이며, 자아라는 작고 어두운 감옥이 달콤하고 아름답다고 생각하기 때문이다. 만약에 그 감옥을 탈출하면, 실제로 존재하고 가질 만한 가치가 있는 모든 것을 잃을 거라고 그들은 염려한다.

그대는 자기 자신 때문에 고통받는다.
그대에게 살고 죽으라고
어느 누구도 강요하지 않으며
어느 누구도 주장하지 않는다.

자기를 속박하는 사슬을 만들어내고 자기를 둘러싼 어둡고 좁은 감옥을 지은 내면의 힘으로 언제라도 마음만 먹으면 그 감옥에서 탈출할 수 있다. 그리고 각자의 영혼은 자신을 가두고 있는 감옥의 무가치함을 발견했을 때, 그리고 오랜 고통을 겪은 끝에 무한한 빛과 사랑을 받아들일 준비가 되었을 때, 그 감옥을 탈출할 마음을 낸다.

그림자가 본체를 따르고 연기가 불을 따르듯, 결과가 원인을 따르고 고통과 행복이 사람들의 생각과 행위를 따른다. 우리를 둘러싼 이 세상에는 숨겨지거나 드러난 원인이 없는 결과는 없으며, 그 원인은 절대적인 정의에 따라 생겨난 것이다. 사람들은 가깝거나 먼 과거에 악의 씨앗을 뿌렸기 때문에 고통의 열매를 거둔다. 또 그들은 선의 씨앗을 스스로 뿌린 결과로 행복의 열매를 거둔다. 누군가가 이것에 대해 명상하고 그 핵심을 이해한다면, 그는 선의 씨앗만을 뿌리게 될 것이며 자기 마음의 텃밭에서 재배해왔던 잡초들을 불태워버릴 것이다.

무아의 사랑은 비난 없는 마음 안에 있다

이 세상은 쾌락의 추구에 몰두하는 까닭에 무아의 사랑을 이해하지 못한다. 소멸하기 쉬운 이익이라는 편협한 한계 속에 갇힌 무지한 이 세상은 그런 쾌락과 이익을 진여하고 변치 않는 것으로 착각한다. 육체적 욕망의 불길에 갇혀 고통으로 불타고 있는 이 세상은 진리의 순수하고 평화로운 아름다움을 보지 못한다. 오류와 자기기만이라는 돼지의 사료를 먹고 사는 이 세상은 모든 것을 보는 사랑의 저택에서 차단되어 있다.

사람들은 이런 사랑을 가지고 있지 않고 이해하지도 못하기 때문에 아무런 내면의 희생도 치르지 않는 수많은 개혁을 제도화한다. 각자는 자신의 개혁이 세상을 영원히 바로잡게 될 거라고 상상한다. 자신은 마음속으로 악을 저지름으로써 계속해서 그 악을 전파하고 있으면서 말이다. 인간의 마음을 개혁하는 것만이 개혁이라고 불릴 수 있다. 모든 악이 거기서 나오기 때문이다. 이 세상이 이기심과 당파 투쟁을 종식하고 신성한 사랑의 교훈을 배우기 전에는 보편적 행복이 실현된 황금기를 실현하지 못할 것이다.

부자들이 빈자들에 대한 경멸을 그치고 빈자들이 부자들에 대한 비난을 그친다면, 탐욕적인 사람들이 주는 법을 배우고 음탕한 사람들이 순결해지는 법을 배운다면, 당파적인 사람들이 다툼을 그만두고 야박한 사람들이 용서하기 시작한다면, 시기하는 사람들이 타인들과 더불어 즐기기를 애쓰고 남을 중상하는 사람들이 자신의 행동을 부끄러워하게 된다면, 만약에 세상의 남녀들이 이런 길을 선택하게 된다면, 오,

황금기는 머지않아 도래할 것이다!

이 세상은 향후 여러 세기 안에는 무아의 사랑이 구현된 황금기에는 들어가지 못할 것이다. 그러나 당신은 지금 거기에 들어갈 수 있다. 만일 당신이 이기적인 자아를 딛고 일어나서 그러기를 원하기만 한다면. 만일 당신이 편견과 증오와 비난을 넘어서 관대하고 너그러운 사랑의 품속으로 들어가기만 한다면.

증오와 반감과 비난이 있는 곳에 무아의 사랑은 깃들지 않는다. 그것은 오직 모든 비난을 종식시킨 마음 안에만 거주한다.

사랑은 판단하지 않는다

당신은 말한다. "어떻게 주정뱅이와 위선자와 비

겁자와 살인자를 사랑할 수 있습니까? 나는 그런 자들을 싫어하고 비난합니다." 감정적으로는 그런 사람들을 사랑할 수 없는 것이 사실이다. 하지만 당신이 그들을 반드시 싫어하고 비난해야 한다고 말한다면, 그것은 당신이 모든 것을 지배하는 위대한 사랑을 잘 모른다는 것을 보여준다. 왜냐하면 이 사람들을 그렇게 만든 인과의 사슬을 알게 해주고, 그들의 극심한 고통에서 벗어나게 해주며, 그들이 궁극적으로 정화될 것이 확실하다는 것을 알게 해주는 내면의 깨달음을 얻는 것이 가능하기 때문이다. 그런 지식을 가지고 있으면 더 이상 그들을 혐오하거나 비난하는 것이 완전히 불가능할 것이며, 당신은 항상 완벽한 평온함과 깊은 연민을 가지고 그들에 대해 생각하게 될 것이다.

사람들이 어떤 식으로든 당신을 좌절시키거나 당신이 용인하지 않는 일을 함으로써 당신이 그들을 혐오하고 욕하게 될 때까지만 그들을 사랑하고 칭찬한다면, 당신은 신에게 속한 사랑의 지배를 받는 것이 아니다. 만일 당신이 마음속으로 타인들을 계속 규탄하고 비난한다면, 무아의 사랑은 결코 당신 앞에 모습을 드러내지 않을 것이다.

사랑이 만물의 중심에 있다는 것을 알고, 모든 것을 충족시키는 그 사랑의 힘을 깨달은 사람의 마음속에는 타인에 대한 비난을 위한 공간이 없다.

이런 사랑을 모르는 사람들은 영원한 재판관과 사형집행인이 있다는 것을 잊은 채 스스로 동료들에 대한 재판관이나 사형집행인이 된다. 이 사람들은 남들이 자신의 의견과 자신의 특정한 개혁과 방식에서 벗어나면 그들이 판단력과 진지함과 정직성을 결여했으며 광신적이고 균형을 잃었다고 낙인찍는다. 또 남들이 자신의 기준에 근접하면 그들이 경탄할 만한 모든 것을 갖추었다고 여긴다.

사랑은 그처럼 사람들을 낙인찍고 분류하지 않는다. 사랑은 자신의 의견에 맞춰 사람들을 변화시키려 하지 않으며, 자기 방식의 우월성을 사람들에게 납득시키려 하지 않는다. 사랑의 법칙을 아는 사람은 그 사랑에 따라 살고, 모든 이들에 대해 똑같이 침착한 태도와 따뜻한 마음을 유지한다. 천박한 사람들과 덕이 있는 사람들, 어리석은 사람들과 현명한 사람들, 배운 사람들과 못 배운 사람들, 이기적인 사람들과 사심 없는 사람들은 모두 그가 가진 평온한 생각의 축복을 받는다.

자기 수양을 통해 지식을 획득하라

자기 수양에 끊임없이 힘씀으로써만, 그리고 자기 자신에 대한 반복적인 승리를 거둠으로써만 이러한 최상의 지식에 도달할 수 있다. 마음이 순수한 사람들만이 신을 볼 수 있다. 마음이 충분히 정화되었을 때, 당신은 새로운 탄생으로 들어가게 될 것이다. 마음이 충분히 정화되었을 때, 죽지 않고 변하지 않으며 고통과 슬픔 속에서 마감되지 않는 사랑이 당신의 내부에서 깨어날 것이고 당신은 평화 속에 머물게 될 것이다.

신성한 사랑에 도달하려고 분투하는 사람은 남을 비난하려는 마음을 극복하려고 항상 애쓰고 있다. 순수한 정신적 깨달음이 있는 곳에 비난은 존재할 수 없으며, 비난을 할 수 없게 된 마음 안에서만 사랑이 완성되고 완전히 실현되기 때문이다.

기독교인들은 무신론자들을 비난한다. 무신론자들은 기독교인들을 비난한다. 구교도들과 신교도들은 끊임없이 입씨름에 매달린다. 평화와 사랑이 있어야 할 곳에 다툼과 증오의 정신이 지배한다.

자기 형제를 증오하는 사람은 신성한 사랑의 정신을 죽이는 자이며 십자가에 못 박는 자다. 모든 종교인들과 비종교인들을 똑같이 공정한 마음으로, 반감이 없는 마음으로, 완벽한 침착함으로 바라보게 될 때까지 당신은 자유와 구원을 부여하는 사랑을 얻으려고 노력해야 한다.

신성한 지식과 무아의 사랑을 깨달으면 남을 비난하는 마음을 완전히 무너뜨리고 모든 악을 내쫓게 되며 자신의 의식을 순수한 통찰의 경지로 끌어올린다. 그러한 경지에 이르면 사랑과 선함과 정의가, 보편적이고 최상이며 모든 것을 이긴 불멸의 것으로 보이게 된다.

강하고 공정하며 관대한 생각 속에서 당신의 마음을 단련하라. 순수함과 타인에 대한 연민 속에서 당신의 가슴을 단련하라. 당신의 혀를 침묵과 진실하고 결백한 말에 적합하도록 단련하라. 그리하면 당신은 영광과 평화의 길에 들어갈 것이고 불멸의 사랑을 마침내 깨닫게 될 것이다. 그렇게 살면 남들을 개종시키려 하지 않고도 그들을 납득시키게 될 것이다. 주장하지 않아도 가르치게 될 것이다. 야심을 품지 않아도 현자들이 당신을 알아볼 것이다. 사람들의 동의를 얻으려 애쓰지 않고도 그들의 마음을 다스리게 될 것이다. 사랑은 모든 것을 정복하고 최고로 강력하므로, 사랑에서 나온 생각과 행위와 말은 결코 소멸될 수 없기 때문이다.

사랑이 보편적이고 최상이며 자족적임을 아는 것, 악의 속박에서 해방되는 것, 내면의 불안을 종식시키는 것, 모든 존재들이 나름의 방식으로 진리를 깨달으려고 분투한다는 사실을 아는 것, 만족을 느끼고 슬픔이 없으며 고요한 것, 이것이 평화이고 이것이 기쁨이며 이것이 불멸이고 이것이 신성함이며 이것이 무아의 사랑의 실현이다.

인간은 무한한 존재를 지향한다

태초부터 인간은 자신의 육체적 욕망들을 지니고 있음에도, 지상의 유한한 것들에 집착하고 있는 와중에도, 자신의 물질적 존재가 가진 제한적이고 일시적이며 환상적인 본성을 직관적으로 의식해왔다. 정신이 온전하고 고요할 때 그는 무한한 존재에 대한 이해에 도달하고자 노력해왔으며, 눈물 어린 염원을 담아 영원한 마음의 고요한 실재를 지향해왔다.

지상의 쾌락들이 진여하고 만족스럽다고 헛되이 상상하는 동안에도, 고통과 슬픔은 지속적으로 그에게 그 쾌락들의 비현실적이고 불만족스러운 본성을 일깨워주었다. 그는 물질적인 것들 속에서 완전한 만족을 찾을 수 있을 거라 믿으려고 늘 애쓰지만, 이런 믿음에 대한 내면의 끈질긴 반란을 의식하고 있다. 이런 반란은 자신의 본질적인 유한함에 대한 반발인 동시에, 오직 죽지 않고 영원하며 무한한 존재 속에서만 지속적인 만족과 온전한 평화를 발견할 수 있다는 사실에 대한 내재적이고 변치 않는 증거이기도 하다.

바로 여기에 신앙의 공통적인 토대가 있다. 여기에 모든 종교의 뿌리와 원천이 있다. 여기에 형제애의 정신과 사랑의 마음이 있다. 인간이 본질적으로 정신적으로 신성하고 영원하다는 것, 비록 죽어야 할 운명에 빠져 불안에 떨고 있지만 그가 늘 자신의 진정한 본성을 인식하려고 분투하고 있다는 것이 바로 그 토대이고 뿌리이며 원천인 것이다.

인간의 본성은 바다에서 분리된 물방울 같은 것

인류의 정신은 무한한 존재와 분리될 수 없기에 그에 못 미치는 어떤 것에도 만족할 수 없다. 인간이 물질이라는 꿈의 세계 속에서 방황하기를 멈추고 영원한 존재라는 실재 속에 있는 자신의 본향으로 돌아갈 때까지, 고통의 무게는 각자의 가슴을 계속 짓누르고 슬픔의 그림자는 그들의 길을 계속 어둡게 만들 것이다.

바다에서 분리된 가장 작은 물방울이 그 바다의 모든 성질을 담고 있는 것처럼, 의식 속에서 무한한 존재와 분리된 각각의 인간들도 자신 속에 무한한 존재와의 유사성을 간직하고 있다. 그 물방울이 자연의 법칙에 따라 마침내 바다로 흘러가 고요한 침잠 속에서 스스로를 잃어야 하는 것처럼, 개별적인 인간도 우리 본성의 한결같은 법칙에 따라 마침내 우리의 원천으로 돌아가 무한한 존재라는 바다에서 스스로를 잃어야 한다.

무한한 존재와 하나가 되는 것이 각자의 목표다.

영원한 법칙과 완벽한 조화를 이루는 것이 지혜고 사랑이며 평화다. 하지만 이런 신성한 법칙은 개별적인 존재들에게는 이해되지 않으며 앞으로도 영원히 이해되지 않을 것이다. 개별성과 분리와 이기심은 전혀 다르지 않은 하나의 개념이며, 지혜와 신성함의 반대말이다. 개별성의 조건 없는 항복에 의해 분리와 이기심은 종식되며, 각자는 불멸과 무한함이라는 신성한 유산을 소유하게 된다.

세속적이고 이기적인 마음은 그러한 개별성의 항복을 모든 재앙 중에서 가장 슬픈 것으로, 가장 회복하기 힘든 손실로 간주한다. 하지만 그것은 단 하나뿐인 최상의 축복이며, 유일하게 진여하고 지속적인 이득이다. 존재의 내면적인 법칙에 무지하고 자기 생명의 본질과 운명에 무지한 마음은 지속적인 실체가 전혀 없는 일시적 겉모습에 집착한다. 그렇게 집착함으로써 그 마음은 자신이 만들어낸 환상의 산산이 부서진 잔해 속에서 서서히 소멸해간다.

인간이 불멸의 경지로 들어가는 법

사람들은 자신의 육체가 영원히 지속될 것처럼 그것에 집착하고 그것을 만족시킨다. 그들은 육체의 소멸이 멀지 않았고 불가피하다는 것을 잊어버리려고 애쓴다. 하지만 죽음에 대한 두려움과, 자신들이 집착하는 모든 것을 잃을지도 모른다는 두려움이 그들의 가장 행복한 시간을 먹구름처럼 뒤덮는다. 이어서 각자의 이기심이라는 무시무시한 그림자가 마치 무자비한 유령처럼 그들을 뒤쫓는다.

일시적인 안락과 사치를 축적함에 따라 남녀를 막론하고 그들 속에 있는 신성함은 마취되며 그들은 더욱더 깊이 물질적인 삶 속으로, 부패하기 쉬운 감각적인 삶 속으로 빠져든다. 그러나 충분한 지성이 있는 곳에서는 육체의 불멸성에 관한 이론이 절대 확실한 진리로 간주된다.

한 사람의 영혼이 이기심으로 둘러싸여 있을 때, 그 이기심이 어떤 형태든 그 사람은 정신적 분별력을 잃고 일시적인 것과 영원한 것을, 죽음과 불멸을, 오류와 진리를 혼동한다. 이에 따라 이 세상은 인간의 경험에 근거하지 않은 이론들과 예측들로 가득 차게 된다. 모든 육신은 태어날 때부터 그 속에 자기 파괴의 요소들을 가지고 있으므로, 그 본성의 변치 않는 법칙에 따라 소멸해야만 한다.

이 세계에서, 소멸하는 존재는 결코 영원해질 수 없으며 영원한 존재는 결코 사라질 수 없다. 죽어야만 하는 존재는 결코 불멸의 존재가 될 수 없으며 불멸의 존재는 결코 죽을 수 없다. 일시적인 존재가 영원할 수 없으며 영원한 존재는 일시적일 수 없다. 현상은 결코 실재가 될 수 없으며 실재가 희미해져서 현상이 될 수 없다. 오류는 결코 진리가 될 수 없으며 진리는 오류가 될 수 없다. 사람이 육체를 불멸하게 만들 수는 없지만, 육체를 가진 존재가 되면서도 육체가 가진 모든 성향을 버림으로써 불멸의 영토에 들어갈 수 있다. "신만이 불멸성을 갖는다." 따라서 사람은 신이 가진 의식의 상태를 구현함으로써만 불멸의 경지로 들어갈 수 있다.

동물적 성향을 정복하고 극기를 실천하라

수많은 생명의 형태들 속에 존재하는 자연은 변할 수 있고 유한하며 오래가지 않는다. 오직 자연을 지배하는 원칙들만 오래간다. 자연은 다수이며 분리라는 특성을 갖는다. 그러나 자연을 지배하는 원칙들은 단일하며 통합이라는 특성을 갖는다. 내면의 감각과 이기심을 극복함으로써, 즉 내면의 자연을 극복함으로써 인간은 개별성과 환상이라는 단단한 껍데기를 깨고 나와서 비개별적인 존재가 발하는 찬란한 빛 속으로, 모든 소멸하는 것들의 원천인 보편적인 진리의 영역 속으로 날아가게 된다.

그러므로 사람들로 하여금 극기를 실천하게 하라. 자신의 동물적 성향을 정복하게 하라. 사치와 쾌락의 노예가 되기를 거부하게 하라. 덕을 실천함으로써 더욱더 높은 덕을 향해 나날이 성장하게 하라. 그리하면 그들은 마침내 신성함 속으로 성장하게 되며, 겸손과 온화함과 용서와 연민과 사랑을 실천하고 이해하게 된다. 그리고 이러한 실천과 이해가 신성함을 이루게 된다.

"선의가 통찰을 준다." 자신의 개별성을 잘 극복함으로써 단 하나의 태도, 즉 모든 생물에 대한 선의라는 태도를 갖게 된 사람만이 신성한 통찰력을 소유하고 있으므로 진리와 오류를 구별할 수 있다. 그러므로 최고로 훌륭한 인간은 현명한 인간이고 신성한 인간이며, 깨어 있는 눈으로 보는 사람이고 영원함을 아는 사람이다.

온전한 관대함과 지속적인 인내심, 숭고한 겸손함과 우아한 말, 자기통제와 무사무욕(無私無慾), 깊고

풍부한 연민이 있는 곳에서 최고의 지혜를 찾고 그런 사람과 함께하도록 노력하라. 그는 신성한 존재를 깨닫고 영원한 존재와 더불어 살며 무한한 존재와 하나가 되었기 때문이다.

안달하고 화를 잘 내며 뽐내는 사람, 쾌락에 집착하고 이기적인 만족을 단념하지 않는 사람, 선의와 폭넓은 연민을 실천하지 않는 사람을 믿지 마라. 그런 사람은 지혜가 없고, 그가 가진 지식은 모두 헛되며, 그가 하는 일과 말은 사라지는 것에 기초한 것이라 소멸해버릴 것이기 때문이다.

사람들로 하여금 자아를 버리고 세상을 극복하며 개별성을 부인하게 하라. 이 길을 따름으로써만 그들은 무한한 존재의 마음속으로 들어갈 수 있기 때문이다.

이 세상과 육체와 개별성은 시간이라는 사막에 있는 신기루며, 어두운 밤 정신이 잠든 사이에 꾸는 덧없는 꿈이다. 그 사막을 건넌 사람들과 정신적으로 깨어 있는 사람들만이, 모든 현상들이 흩어지고 꿈과 환영이 파괴된 보편적 현실을 파악한 것이다.

무한한 존재 속으로 들어가기

무조건적인 복종을 요구하는 위대한 법칙이 있다. 모든 다양성의 토대가 되는 통합적인 원칙이 있다. 지상의 모든 문제들을 그림자처럼 사라져버리게 만드는 영원한 진리가 있다. 이 법칙과 이 진리를 깨닫는 것은 무한한 존재 속으로 들어가는 것이고 영원한 존재와 하나가 되는 것이다.

자신의 삶을 사랑의 위대한 법칙의 중심에 두는 것은 휴식과 조화와 평화 속으로 들어가는 것이다. 악과 불화에 대한 가담을 일체 삼가는 것, 악에 대한 저항을 일체 중단하는 것, 선한 일을 빠뜨리지 않는 것, 내면의 신성한 고요에 대해 한결같이 복종하는 것은 사물의 가장 내밀한 중심으로 들어가는 것이다. 또 그것은 단지 지각만 할 수 있는 지성에게 언제까지나 숨겨진 신비로 남아 있어야 하는 영원하고 무한한 원칙을 의식적으로 경험하는 것이고 그에 따라 사는 것이다. 이 원칙을 깨닫기 전에는 우리의 영혼이 평화 속에 정착할 수 없다. 이를 깨달은 사람은 참으로 현명하다. 그는 학식 있는 자들의 지혜를 가지고 있어서 지혜로운 것이 아니라, 떳떳한 마음과 성인의 단순함을 가지고 있기에 지혜로운 것이다.

무한한 존재와 영원한 존재를 깨닫는 것은 어둠의 왕국을 구성하고 있는 시간과 세상과 육체를 초월하는 것이며, 빛의 제국을 구성하고 있는 불멸과 천국과 정신 속에서 스스로를 구축하는 것이다.

무한한 존재 속으로 들어가는 것은 단순한 이론이나 감정의 문제가 아니다. 그것은 내면의 정화를 위해 성실하게 실천한 결과물인 생생한 경험의 문제다. 더 이상 육체를 진짜 인간이라고 믿지 않을 때, 모든 욕망들을 철저하게 다스리고 정화할 때, 감정들이 편안하고 고요할 때, 지성의 진동이 멈추고 완벽한 균형이 확보되었을 때, 이런 때가 되어서야 비로소 우리의 의식은 무한한 존재와 하나가 된다. 이런 때가 되어서야 비로소 아이처럼 천진한 지혜와 깊은 평화가 확보된다.

자아에 대한 사랑은 진리를 차단한다

사람들은 삶의 어두운 문제들 때문에 지치고 우울해진다. 하지만 각자의 한계 안에 너무나 몰두한 나머지 자신의 개별성이라는 어둠 밖으로 나갈 길을 찾을 수 없기 때문에 그 문제들을 내버려두고 끝내 떠나버린다. 인간은 자신의 개별적인 삶을 구하려고 애쓰다가, 진리 속에 있는 더 커다란 비개별적인 삶을 박탈당하고 만다. 인간은 소멸되는 것들에 집착하기 때문에 영원한 존재에 대한 지식에 접근하지 못한다.

자아의 항복과 더불어 모든 어려움들은 극복되며, 내면의 희생이라는 불길이 모든 오류를 왕겨처럼 태워버리기 때문에 우주에는 그 어떤 오류도 남지 않게 된다. 아무리 큰 문제라도 극기라는 탐조등 불빛 아래에서는 그림자처럼 사라진다. 문제란 우리가 스스로 만들어낸 환상 속에서만 존재하는 것이기에, 자아가 항복할 때 함께 사라진다. 자아와 오류는 동의어다. 오류는 불가해한 복잡함이라는 어둠 속에 빠져 있지만, 영원한 단순함은 진리의 자랑이다.

자아에 대한 사랑은 사람들을 진리에서 차단한다. 사람들은 자신의 개별적인 행복을 추구하다가 더 깊고 순수하며 지속적인 행복을 놓친다.

칼라일은 이렇게 말한다. “인간의 내면에는 행복에 대한 사랑보다 더 고상한 것이 있다. 그는 행복이 없이도 살아갈 수 있으며, 그 대신 신의 축복을 발견한다……. 쾌락을 사랑하지 말고 신을 사랑하라. 이것은 영원한 긍정이며, 그 속에서 모든 모순들이 해소된다. 그 누구라도 그 속에서 거닐고 노력하면 신의 축복이 그와 함께한다.”

사람들이 너무나 사랑하며 너무나 고집스럽게 집착하는 자아와 개별성을 굴복시킨 사람은 모든 당혹스러운 것들을 뒤로하고, 세상이 어리석음이라고 부를 정도로 너무나 심오하게 단순한 단순함 속으로 들어간 것이다. 하지만 그런 사람은 최고의 지혜를 깨달았으며 무한함 속에서 쉬고 있는 것이다. 그는 '애쓰지 않아도 성취'하며, 모든 문제들이 그 앞에서 해소되어버린다. 왜냐하면 그는 진여의 경지에 들어갔으며, 상황에 따라 변하는 결과들이 아니라 사물의 변하지 않는 원칙들을 다루기 때문이다.

그 사람이 깨우친 지혜는 논리적 추론보다 우월하며, 이것은 이성이 동물적 본성보다 우월한 것과 마찬가지다. 그는 자신의 욕망과 오류와 의견과 편견을 버림으로써 신에 관한 지식을 보유하게 되었으며,

천국에 대한 이기적인 욕망과 더불어 지옥에 대한 무식한 두려움마저 단칼에 잘라버렸다. 그는 삶 그 자체에 대한 사랑조차 포기했기에 최고의 행복을 얻었으며, 삶과 죽음을 연결하면서 스스로의 불멸성을 알고 있는 영원한 삶을 얻었다. 그는 모든 것을 무조건적으로 포기했기 때문에 모든 것을 얻었으며, 무한한 존재의 가슴에 안겨 평화롭게 쉬고 있다.

위대한 법칙과 최고의 선을 믿으라

사는 것만큼이나 기꺼이 죽을 수 있을 정도로, 혹은 죽는 것만큼이나 기꺼이 살 수 있을 정도로 자아에서 자유로워진 사람만이 무한한 존재 속으로 들어가기에 적합하다. 소멸하기 쉬운 자아를 신뢰하기를 멈추고 위대한 법칙과 최고의 선을 무한히 신뢰하게 된 사람만이 영원한 행복을 맛볼 준비가 된 것이다.

그런 사람에게는 더 이상의 유감도 실망도 회한도 없다. 모든 이기심이 멈춘 곳에 이런 고통들은 존재할 수 없기 때문이다. 그는 자신에게 무슨 일이 벌어지더라도 그것이 자신에게 유익하다는 것을 알고 만족한다. 그는 더 이상 자아의 하인이 아니라 최고의 존재의 하인이기 때문이다.

그는 지상에서 벌어지는 변화들에 더 이상 영향을 받지 않는다. 전쟁 소식이나 전쟁의 소문을 들을 때에도 그의 평온은 방해받지 않는다. 사람들이 화를 내고 냉소적이며 다툼을 벌이는 곳에서도 그는 타인들에게 연민과 사랑을 나눠준다. 비록 겉으로 보이는 현상들이 세상과 모순된다 하더라도, 그는 이 세상이 진보하고 있다는 것을 안다.

세상의 웃음과 울음을 통해
세상의 삶과 유지를 통해
세상의 어리석음과 노력을 통해
눈에 보이는 곳에서나 보이지 않는 곳에서
태초에서 마지막 날까지
모든 덕과 죄를 통해
신이 주재하는 위대한 진보의 실타래에서 풀려나온
빛으로 이루어진 황금색 실이
세상이라는 천을 짜고 있다.

사나운 폭풍우가 맹위를 떨치고 있을 때는 아무도 그것에 대해 화를 내지 않는다. 그것이 곧 사라지리란 것을 알기 때문이다. 논쟁의 폭풍우가 세상을 휩쓸고 있을 때 진리와 연민의 눈으로 보는 현명한 사람은 그것이 사라질 것이고, 그 폭풍이 남긴 상처받은 마음들의 잔해에서 영원한 지혜의 사원이 세워지리란 것을 안다.

초연하게 인내하고 무한히 동정하며, 깊고 조용하고 순수한 그의 존재 자체가 축복이다. 그가 말을 하면 사람들은 그의 말을 마음속으로 깊이 생각하며, 이를 통해 더 높은 성취의 단계로 올라간다. 무한한 존재 속으로 들어간 사람, 지극한 희생의 힘으로 삶의 성스러운 신비를 푼 사람은 그와 같다.

성자와 성현과 구세주

완벽하고 균형 잡힌 삶으로 표출되는 사랑의 정신은 존재의 왕관이며, 지상의 지식이 갖는 최고의 목적이다. 한 사람이 지닌 진리의 크기는 그가 지닌 사랑의 크기와 같으며, 사랑의 지배를 받지 않는 삶을 사는 사람은 진리에서 멀리 떨어져 있다. 너그럽지 못하고 타인을 비난하는 사람은 아무리 고귀한 종교를 신봉한다고 공언하더라도 최소한의 진리만을 지닌 것이다. 반면에 인내심을 발휘하여 조용하고도 차분하게 모든 쪽의 말을 경청함으로써 모든 문제들과 쟁점들에 대해 사려 깊고 공정한 결론에 도달하는 사람들은 최대한의 진리를 지니고 있는 것이다.

지혜를 가름하는 최종적인 시금석은 다음과 같다. 그 사람이 어떻게 사는가? 그는 어떤 정신을 표방하는가? 그는 시련과 유혹을 맞아 어떻게 행동하는가? 슬픔과 실망과 격정에 지속적으로 휘둘리면서 처음 맞이하는 작은 시련에도 가라앉고 마는 수많은 사람들이 진리를 지니고 있다고 자랑한다. 만약에 진리가 불변하는 것이 아니라면, 그것은 아무 것도 아니다. 어떤 사람이 진리 위에 서 있는 한, 그는 덕성을 유지한 채 변함이 없으며 자신의 격정과 감정과 변하기 쉬운 개별성을 초월한다.

사람들은 소멸하기 쉬운 독단들을 정형화해 진리

라 부른다. 그러나 진리는 정형화될 수 없다. 진리란 형언할 수 없으며 지성의 범위를 훨씬 넘어서 있다. 진리는 오직 실천을 통해서만 경험될 수 있으며, 깨끗한 마음과 완벽한 삶으로 표출될 수 있을 뿐이다.

그렇다면 학파와 교파와 당파의 대혼란 속에서 과연 누가 진리를 지니고 있는가? 그것은 바로 진리에 따라 사는 사람이다. 진리를 실천하는 사람이다. 자신을 극복함으로써 그런 혼란을 넘어선 사람은 더 이상 거기에 관여하지 않는다. 그는 모든 다툼과 편견과 비난에서 멀찍이 떨어져서 조용하고 차분한 자세를 유지한 채, 자신의 내면에 있는 신적인 존재에서 우러난 무아의 사랑을 베푼다.

말은 진리를 입증하지 못한다

어떤 상황에서도 참을성 있고 침착하고 관대하고 너그러운 사람은 진리를 드러내고 있는 것이다. 진리는 결코 수다스러운 논쟁이나 박식한 논문으로 입증되지 못한다. 사람들이 무한한 인내와 변함없는 너그러움과 모든 것을 포용하는 동정심 안에 존재하는 진리를 인지하지 못한다면, 어떤 말로도 그들에게 진리를 입증할 수 없기 때문이다. 열정적인 사람들이 홀로 있거나 정적 속에 있을 때 차분해지기는 쉬운 문제다. 야박한 사람들이 친절한 대접을 받을 때 관대하고 친절해지기도 마찬가지로 쉽다. 하지만 어떤 시련에도 인내심과 침착함을 유지하고 가장 힘든 상황에 처해도 초연한 온화함과 관대함을 유지하는 사람은, 그리고 그런 사람만이 티끌 하나 없는 진리를 지니고 있는 것이다.

그러므로 사람들로 하여금 진리에 관한 헛되고 열정적인 논쟁을 멈추고, 조화와 평화와 사랑과 선의에 기여하는 것들을 생각하고 말하고 실행하게 하라. 사람들로 하여금 마음에서 우러난 미덕을 실천하게 하라. 모든 오류와 죄에서, 인간의 마음을 망치는 모든 것들에서, 지상의 방황하는 영혼들의 앞길을 어둡게 만드는 모든 것들에서, 인간의 영혼을 해방해주는 진리를 겸손하고 부지런하게 추구하게 하라.

우주의 기초가 되는 사랑의 법칙

우주의 기초이자 원인이며 모든 것을 아우르는 위대한 법칙이 하나 있다. 그것은 바로 사랑의 법칙이다. 그것은 다양한 나라들과 다양한 시대에서 많은 이름들로 불려왔지만, 진리의 눈으로 볼 때는 똑같은 불변의 법칙을 그 모든 이름들 뒤에서 발견할 수 있다. 이름들과 종교들과 개별성들은 사라지지만 사랑의 법칙은 남아 있다. 이 법칙에 관한 지식을 소유하게 되는 것, 그리고 이 법칙과 의식적인 조화를 이루게 되는 것은 영원히 죽지 않으며 아무도 꺾을 수 없고 파괴할 수 없는 존재가 되는 것이다.

사람들이 거듭해서 이 세상에 와서 살고 고통받고 죽는 것은 이 법칙을 실현하려는 영혼의 노력 덕분이다. 이 법칙이 실현될 때, 고통은 멈추고 개별성은 흩어지며 육체적인 삶과 죽음은 파괴된다. 인간의 의식이 영원한 존재와 하나가 되기 때문이다.

이 법칙은 절대적으로 개별성을 초월한 것이며,

그것이 최고로 표출된 형태가 바로 인류에 대한 봉사다. 정화된 마음이 진리를 깨달았을 때, 그것은 가장 크고 신성한 최후의 희생을 하도록 요청받는다. 그것은 충분히 누릴 자격이 있는 진리의 즐거움을 희생하라는 요청이다. 성스럽게 해방된 그 영혼(예수 그리스도를 의미함-옮긴이)이 세상에 와서 육신의 옷을 입고 가장 낮고 가난한 사람들 사이에 기꺼이 머물게 된 것, 그리고 모든 인류의 종복으로 여겨지게 된 것은 이런 희생 덕분이었다.

겸손은 위대함의 특징이다

세상을 구원한 구세주들이 보여주는 숭고한 겸손은 그들이 지닌 신성의 표식이다. 자신의 개별성을 소멸시킨 뒤, 보편적이고 영원하며 무한한 사랑의 생생한 표상이 된 사람만이 후세의 아낌없는 숭배를 받을 자격이 있다고 간주된다. 자아를 죽일 뿐만 아니라 무아의 사랑을 쏟아내는 신성한 겸손으로 스스로를 낮추는 데 성공한 사람만이 대단한 칭송을 받으며 인류의 마음에 대한 영적인 지배권을 부여받는다.

위대한 영적인 스승들은 모두 개인적인 사치와 안락과 보상을 스스로 부정했고, 일시적인 권력을 단념했으며, 무한하고 보편적인 진리를 실천하고 가르쳤다. 그들의 실천과 가르침을 비교해보면 그들이 실천하고 설파했던 동일한 단순함, 동일한 자기희생, 동일한 겸손과 사랑과 평화를 발견하게 된다. 그들은 똑같은 원칙들, 즉 이를 실현하면 모든 악을 제거하게 되는 영원한 원칙들을 가르쳤다.

인류의 구세주로 환호와 숭배를 받았던 이들은 위대한 보편적 법칙의 표상이었으며, 그랬기 때문에 격정과 편견에서 자유로웠다. 그들은 그 어떤 의견도, 설교하고 방어할 그 어떤 특별한 문서화된 교리도 갖고 있지 않았으므로 결코 사람들을 개종하거나 전향시키려고 애쓰지 않았다. 그들이 최고의 선함과 완벽함 속에 살았기 때문에, 그들의 유일한 목적은 그런 선함을 생각과 말과 행위 속에서 표출함으로써 인류를 고양하는 것이었다. 그들은 개별자인 인간과 비개별자인 신 사이에 서 있었고, 스스로 노예가 된 인류의 구원을 위한 본보기 역할을 했다.

자아에 빠져 개별성을 초월한 선함을 이해하지 못하는 사람들은 자신이 믿는 구세주를 제외한 모든 구세주들의 신성을 부정하기 때문에 개인적인 혐오와 교리적인 논란을 쏟아낸다. 그들은 각자의 특정한 의견을 방어하는 한편, 서로를 이교도나 신앙심 없는 자로 간주함으로써 자신의 종교적 스승들의 삶과 가르침이 지닌 무아의 아름다움과 신성한 위엄을 수포로 만들어버린다. 진리는 제한될 수 없다. 진리는 결코 어떤 사람이나 학파나 국가의 특권이 될 수 없다. 인간의 개별성이 끼어드는 순간, 진리는 실종된다.

성자와 성현과 구세주 모두가 누려야 하는 영광은 다음과 같은 것이다. 그들은 가장 심오한 겸손함과 가장 숭고한 이타심을 구현했다. 그들이 모든 것을, 심지어 자신의 개별성마저 포기함으로써, 한 치의 자아도 포함되지 않은 그들의 업적은 신성하고 오래 지속된다. 그들은 결코 받을 것을 생각하지 않고 준다. 그들은 과거를 후회하거나 미래를 기대하지 않은 채 노력하며, 결코 보상을 찾지 않는다.

결과를 기대하지 말고 앞으로 나아가라

땅을 갈고 정리한 뒤 씨를 뿌리고 나면, 농부는 자신이 할 수 있는 일을 다 했으며 이제는 환경에 모든 것을 맡긴 채 수확물을 거둘 때까지 인내심을 갖고 시간 경과를 기다려야 한다는 것을 안다. 또한 그는 아무리 기대해봐야 결과에 아무런 영향을 미칠 수 없다는 것을 안다. 진리를 깨달은 사람은 선함과 순수함과 사랑과 평화의 씨를 뿌리는 사람으로서, 결과에 대해 아무런 기대도 품지 않은 채 앞으로 나아간다. 적당한 때가 되면 보존과 파괴의 원천인 위대한 법칙이 그 수확물을 가져다준다는 것을 알기 때문이다.

완전히 자아를 버린 마음의 신성한 단순함을 이해하지 못하는 사람들은 자신이 숭배하는 구세주가 특별한 기적을 드러내는 존재이며, 사물의 본성과는 완전히 분리되고 구분되는 존재라고 간주한다. 또한 그들은 윤리적 탁월함을 지닌 그의 경지에 인류 전체가 영원히 접근하지 못할 거라고 여긴다. 인간이 완전한 존재가 될 수 있다는 신성한 가능성에 대한 불신을 보여주는 이런 태도는 사람들의 노력을 마비시키고, 마치 죄와 고통을 묶는 강한 밧줄처럼 사람들의 영혼을 묶어놓는다.

예수는 '지혜 속에서 성장'했고 '고통으로 완성'되었다. 예수가 그냥 예수가 된 것이 아니고 붓다가 그냥 붓다가 된 것이 아니다. 모든 성인들은 자기희생 속에서 끊임없는 인내를 발휘함으로써 그런 존재가 되었던 것이다. 일단 이것을 알게 된 사람은 주의 깊은 노력과 희망에 찬 인내를 통해 우리가 자신의 낮은 본성을 넘어설 수 있으며, 우리 앞에 펼쳐질 성취의 전망이 대단하고 영예로울 것임을 깨닫는다. 붓다는 완벽의 경지에 도달하기 전에는 정진을 늦추지 않겠다고 서원했으며, 결국 자신의 목적을 달성했다.

성자와 성현과 구세주가 성취한 것을, 당신도 똑같이 성취할 수 있다. 그들이 걸었고 가리켰던 길을 걷기만 한다면 말이다. 그것은 자기를 희생하거나 자기를 부정하는 봉사의 길이다.

진리는 단순하다. 진리는 이렇게 말한다. "자아를 버려라. 그 모든 더러움에서 벗어나 나에게로 오라. 그리하면 너희에게 휴식을 주겠노라." 진리 위에 산처럼 쌓인 그 모든 해설로도, 성실하게 의로움을 추구하는 마음에서 진리를 감출 수는 없다. 진리는 배움을 요구하지 않는다. 그것은 배움이 없어도 알 수 있다. 자아를 추구하는 사람이 아무리 여러 형태로 위장한다 하더라도, 진리의 아름다운 단순함과 깨끗한 투명함은 여전히 변하지 않고 흐려지지 않는다. 이기적인 마음조차 진리의 빛나는 광채 속으로 들어가 그것을 맛보게 된다. 복잡한 이론들을 이리저리 엮거나 사변적인 철학들을 구축한다고 해서 진리를 깨닫는 것은 아니다. 내면의 순수함이라는 그물을 짬으로써, 흠 없는 삶이라는 사원을 지음으로써 진리를 깨달을 수 있는 것이다.

욕망의 억제는 성자가 되는 출발점

신성한 길에 들어선 사람은 자신의 욕망들을 억누르는 일부터 시작한다. 이것은 고결한 것이며, 성자가 되는 출발점이다. 성자가 된다는 것은 신성함의 시작이다. 전적으로 세속적인 사람은 자신의 모든 욕망들을 충족시키며, 자신이 살고 있는 나라의 법률이 요구하는 만큼의 자제도 실천하지 않는다. 덕이 있는 사람은 자신의 욕망들을 억누른다. 성자는 자신의 마음속 요새에 도사리고 있는 진리의 적을 공격하고, 모든 이기적이고 불순한 생각들을 억누른다. 반면, 신성한 사람은 정욕과 불순한 생각이 일체 없는 사람이며, 그에게는 꽃에게 향기와 색깔이 그런 것처럼 선함과 순수함이 자연스러워진다. 신성한 사람은 성스럽게 현명하다. 그만이 진리를 온전히 알고 있으며, 변치 않는 휴식과 평화 속으로 들어갔다. 그에게 악은 종식되어 최고의 선이 발산하는 우주적인 빛 속으로 사라져버렸다. 신성함은 지혜의 증표다.

크리슈나는 아르쥬나 왕자에게 이렇게 말했다.

겸손과 진실함과 무해함,

인내와 신의, 현명한 이들에 대한 공경,

순수함과 일관성과 자기통제,

감각적 쾌락에 대한 경멸, 자기희생,

나고 죽고 늙고 병드는 아픔과

고통과 죄에 대한 확고한 통찰,

행운 속에서든 불운 속에서든

언제나 평온한 마음……

……최고의 정신의 인식에 이르기 위한

단호한 노력,

그런 경지에 도달하는 것에 무슨 이득이 있는지

이해하는 기품.

왕자여, 이것이 바로 진정한 지혜입니다!

그리고 이것과 다른 것은 무지입니다!

진정한 봉사는 자아를 잊는 것이다

자신의 이기심과 끊임없이 싸우고, 모두를 아우르는 사랑으로 그것을 대체하려고 노력하는 사람은 누구나 성자다. 오두막에 살든 부와 영향력을 갖고 살든, 혹은 설교를 하든 무명인 채로 남아 있든, 그는 성자인 것이다.

더 고귀한 것을 염원하기 시작하는 세속인들에게

아시시의 성 프란치스코나 성 안토니오 같은 성자는 눈부시게 아름답고 영감을 주는 장관이다. 성자에게 이와 똑같은 황홀감을 주는 광경은 고요하고 신성하게 앉아 있는 성현의 모습이다. 죄와 슬픔의 정복자인 성현은 더 이상 후회와 회한으로 고통받지 않으며, 유혹마저 근접하지 못하는 존재다. 하지만 그런 성현조차 훨씬 더 장엄한 광경에 이끌린다. 그것은 바로 구세주의 모습이다. 구세주는 자아를 버리는 일들에 관한 자신의 깨달음을 적극적으로 드러내며, 약동하고 슬퍼하며 열망하는 인류의 가슴속 깊이 들어감으로써 자신의 신성함을 더욱 강하고 영속적으로 만드는 존재다.

모든 이들에 대한 사랑 속에서 자기 자신을 잊는 것, 인류 전체를 위해 일하는 가운데 자기 자신을 잃는 것이 진정한 봉사다. 오, 헛되고 어리석은 그대여. 당신은 말을 많이 하면 구원을 얻을 수 있다고 생각하고, 오류에 사로잡혀 자신과 자신의 노력과 자신의 희생에 관해 떠벌리며, 자신의 중요성을 과장한다. 하지만 명심해야 한다. 비록 당신의 명성이 전 세계를 뒤덮는다 해도, 당신이 이룬 모든 업적은 먼지로 돌아갈 것이며 진리의 왕국에서는 가장 하찮은 것보다 더 하찮게 여겨질 것이라는 사실을!

오직 개별성을 초월한 일만이 살아남을 수 있다. 자아가 하는 일은 무력하고 소멸되기 쉽다. 아무리 초라한 의무라 하더라도 사리사욕이 없고 즐거운 희생이 수반되어 수행되는 곳에 진정한 봉사와 오래가는 일이 있다. 아무리 멋지고 겉보기에 성공적인 행위라 해도 자아에 대한 사랑에서 출발하여 이루어지는 곳에는 봉사의 법칙에 대한 무시가 있으며, 그 일은 결국 소멸하고 만다.

하나의 위대하고 신성한 교훈, 즉 절대적인 무아의 교훈이 이 세상에 주어졌다. 모든 시대의 성자와 성현과 구세주는 이런 과업에 스스로를 바치고 그것을 배우고 실천했던 사람들이었다. 세상의 모든 경전들은 바로 이 교훈을 가르치기 위해 마련되었다. 위대한 스승들을 모두 이 교훈을 강조했다. 이것은 너무나 단순한 교훈이어서 이 세상은 그것을 비웃다가 이기심의 복잡한 길에서 발을 헛디디고 만다.

순수한 마음은 모든 종교의 목적이고 신성함의 출발점이다. 이런 정의로움을 찾는 것은 진리와 평화의 길을 걷는 것이다. 이 길에 들어선 사람은 머지않아 태어남이나 죽음과 무관한 불멸성을 인식하게 될 것이며, 우주의 신성한 경제학에서는 가장 초라한 노력조차 셈에서 빠뜨리지 않는다는 것을 깨닫게 될 것이다.

크리슈나, 고타마 붓다, 예수의 신성은 극기가 가질 수 있는 최고의 영광이며, 유한한 물질세계를 순례하는 영혼의 목적이다. 모든 영혼이 이들처럼 되어 스스로의 신성에 대한 더없이 행복한 깨달음 속으로 들어설 때까지, 이 세상은 자신의 긴 여정을 끝내지 않을 것이다.

완전한 평화의 실현

외부 세계에는 끊임없는 혼란과 변화와 불안이 있지만 만물의 중심에는 흔들리지 않는 평온함이 있다. 이 침묵 속에 영원한 존재가 거주한다.

인간은 이런 이중성을 띠고 있다. 표면의 변화, 동요뿐만 아니라 마음속 깊숙이 자리 잡은 영원한 평화도 가지고 있는 것이다.

가장 맹렬한 폭풍도 다다를 수 없는 침묵의 심연이 바다 속에 있는 것처럼, 인간의 마음속에도 죄와 슬픔의 폭풍이 범접할 수 없는 고요하고 신성한 심연이 있다. 이런 침묵에 도달하고 의식적으로 그 속에서 머무는 것이 평화다. 외부 세계에는 불화가 많이 존재하지만, 우주의 중심은 온전한 조화가 장악하고 있다. 조화를 이루지 못하는 격정과 슬픔으로 갈가리 찢어진 인간의 영혼이 맹목적으로 순결한 상태를 향해 나아가게 되고, 마침내 이 상태에 도달하여 의식적으로 그 속에서 머무는 것이 평화다.

증오는 인간의 목숨을 앗아가고 박해를 조장하며 나라를 가혹한 전쟁으로 던져 넣는다. 하지만 사람들은 이유를 모르면서도 완전한 사랑이 드리운 그늘 속에서 일정 정도 믿음을 유지한다. 이런 사랑에 도달하여 의식적으로 그 속에 머무는 것이 평화다.

이러한 내면의 평화와 정적과 조화와 사랑이 곧

천국이다. 하지만 그곳에 이르는 것은 너무나 어렵다. 자기 자신을 버리고 어린아이처럼 순진무구해지려는 사람이 거의 없기 때문이다.

천국의 문은 지극히 좁고도 작기에
세상의 헛된 환영에 눈이 먼
어리석은 사람들은 그것을 감지하지 못한다.
길을 분간할 수 있는 밝은 눈을 가지고
그 문으로 들어가고자 하는 사람들조차
그 입구가 막혀 있고
열기가 힘들다는 것을 알게 된다.
그 문을 잠그고 있는 거대한 빗장은
자만심과 격정, 탐욕과 욕정이다.

사람들은 평화를 갈구한다! 평화를! 이와 반대로 평화가 없는 곳에는 불화와 동요와 다툼이 있다. 자신을 포기하는 것과 불가분의 관계인 지혜가 없으면, 지속적이고 진정한 평화는 존재할 수 없다.

자기통제는 영원한 평화로 이끌어준다

사회적 안락함이나 일시적 만족, 세속적 성공에서 나오는 평화는 본질적으로 짧고, 가혹한 시련의 열기에서 타버린다. 거룩한 평화만이 모든 시련을 견뎌내며, 무아의 마음만이 거룩한 평화를 알 수 있다.

신성함 그 자체만이 영원한 평화다. 자기통제가 그곳으로 우리를 이끌어주며, 계속 커지는 지혜의 빛이 순례자들을 자기 쪽으로 인도한다. 그들이 덕의 길에 들어서자마자 어느 정도는 그 평화를 맛볼 수 있지만, 흠결 없는 삶의 완성 속에서 자아가 사라질 때에만 그 평화는 온전히 구현된다.

이것이 평화다.
자아에 대한 사랑과 삶에 대한 욕망을 정복하고
마음속 깊이 뿌리내린 격정을 뽑아내며
내면의 갈등을 잠잠하게 만드는 것.

오, 독자여! 만일 당신이 결코 희미해지지 않는 빛과 결코 끝나지 않는 기쁨과 방해받을 수 없는 평온을 실현하고자 한다면, 만일 당신이 자신의 죄와 슬픔과 걱정과 곤란을 떨쳐버리고자 한다면, 만일 당신이 이런 해방과 최고로 영광스러운 삶을 취하고자 한다면, 자기 자신을 정복하라. 모든 생각과 모든 충동과 모든 욕망으로 하여금 당신의 내면에 있는 신성한 힘에 완전히 복종하게 하라. 이것 말고는 평화에 이르는 길이 없다. 만일 당신이 이 길을 걷기를 거부한다면, 아무리 많은 기도를 올리고 의식을 엄수한다 해도 아무런 결실이 없고 소용이 없을 것이며, 신들도 천사들도 당신을 도와줄 수 없다. 오직 이를 극복한 사람에게만 새롭고도 형언할 수 없는 이름이 새겨진 재생의 하얀 돌이 주어질 것이다.

외부의 사물에서, 감각의 쾌락에서, 지성의 논쟁에서, 세상의 소음과 흥분에서 한동안 벗어나 마음속 가장 깊은 곳에 있는 방으로 침잠하라. 모든 이기적 욕망의 무엄한 침범이 없는 그곳에서 당신은 깊은 정적과 신성한 평정과 더없이 행복한 휴식을 발견하게 될 것이다. 그곳에서 당신은 명상에 잠길 것이고, 당신의 내면에서 진리의 완전무결한 눈이 열리게 될 것이며, 당신은 있는 그대로의 사물을 보게 될 것이다.

당신의 내면에 있는 이 신성한 공간이 당신의 영원하고 진정한 자아다. 그것은 당신의 내면에 있는 신성이다. 그것과 하나가 될 때에만 당신은 '제대로 옷을 입고 있으며 올바른 마음가짐을 지녔다'고 말할 수 있다. 그것은 평화의 집이고 지혜의 사원이며, 불멸의 존재가 거주하는 곳이다. 이 내면의 안식처, 이 통찰의 산 바깥에는 진정한 평화와 신성함에 대한 그 어떤 지식도 존재할 수 없다. 만일 당신이 그곳에 일 분이라도, 한 시간이라도, 하루라도 머무를 수 있다면 그곳에 영원히 머무는 것도 가능하다.

스스로 죄를 떨쳐버리고 굳세게 걸어야 한다

죄와 슬픔, 두려움과 걱정은 모두 스스로 만든 것이다. 그러므로 당신은 그것에 집착할 수도 있고 그것들을 떨쳐버릴 수도 있다. 당신은 자발적으로 자신의 불안에 집착한다. 당신은 자발적으로 변치 않는 곳에 이를 수 있다. 그 누구도 당신을 대신해 죄를 떨쳐버릴 수 없다. 당신 스스로 그것을 떨쳐버려야 한다. 가장 위대한 스승조차 스스로 진리의 길을 걷고 그 길을 당신에게 보여줄 수 있을 뿐이다. 당신 스스로 그 길을 걸어야 하는 것이다. 당신은 자신의 노력에 의해서만, 그리고 영혼을 구속하고 평화를 파괴하는 것들을 포기함으로써만 자유와 평화를 획득할 수 있다.

신성한 평화와 기쁨이라는 천사들은 늘 가까이

있다. 만일 당신이 그들을 보지 못하고 그들의 말을 듣지 못하고 그들과 더불어 살지 못한다면, 그것은 당신이 그들에게서 스스로를 차단하고, 자신의 내부에 있는 악령들과 어울리기를 더 좋아하기 때문이다. 당신은 자신이 되고자 하고 자신이 되고 싶어 하는 존재다. 당신은 스스로를 정화하는 일을 시작할 수 있다. 그렇게 함으로써 평화에 이를 수 있다. 혹은 스스로를 정화하는 일을 거부할 수도 있겠지만, 그렇게 함으로써 당신은 고통받는 채로 머물러야 한다.

그렇다면 한 발짝 비껴서 보라. 삶의 조바심과 흥분에서, 자아의 타오르는 열기에서 벗어나 그 모든 것을 냉각시키는 평화의 바람이 진정시키고 재생시키며 회복시키는 내면의 휴식처로 들어가보라.

죄와 고통의 폭풍에서 벗어나라. 평화로운 안식처

가 그토록 가까이 있는데 왜 그처럼 고통받고 시달려야 하는가?

자아에 대한 추구를 포기하라. 자아를 포기하라. 오, 그리하면 신의 평화가 그대의 것이로다!

당신 안에 있는 짐승을 진압하라. 모든 이기적인 반란과 모든 불만의 소리를 정복하라. 자신의 이기적 본성이라는 광석을 사랑의 순금으로 변화시키라. 그리하면 당신은 완전한 평화의 삶을 실현하게 될 것이다. 오, 독자여! 그렇게 진압하고 그렇게 정복하며 그렇게 변화시킴으로써, 당신은 육신으로 사는 동안 죽음의 어두운 바다를 안전하게 건너가게 되며, 마침내 슬픔의 폭풍이 절대로 들이치지 않으며 죄와 고통과 암울한 불확실성이 침범하지 못하는 바닷가에 이르게 될 것이다. 그 바닷가에 서서, 성스럽고 다정하고 깨어 있으며 차분하고 한없이 즐거운 마음으로 당신은 다음과 같은 것을 깨닫게 된다.

영혼은 결코 태어나지 않았으며
결코 존재하기를 멈추지 않을 것이다.
영혼이 존재하지 않았던 때는 결코 없었다.
끝과 시작은 꿈일 뿐이다.
영혼은 영원하다.
죽음은 영혼의 털끝도 건드리지 못했다.

그곳에서 당신은 죄와 슬픔과 고통의 의미를 알게 될 것이며, 그것들의 목적이 지혜라는 것을 알게 될 것이다. 그곳에서 당신은 존재의 원인과 결과를 알게 될 것이다.

이런 깨달음과 더불어 당신은 안식으로 들어가게 될 것이다. 이것이 불멸하는 존재의 행복이고 이것이 변함없는 기쁨이기 때문이다. 이것이 속박받지 않는 지식이고 저항할 수 없는 지혜이며 영원한 사랑이기 때문이다. 이것이, 그리고 이것만이 완전한 평화의 실현이다.

■ 옮긴이의 말

이 책을 쓴 제임스 앨런을 두고 자기계발서의 선구자라고 부르는 이들이 많다. 데일 카네기나 나폴레온 힐을 비롯한 일련의 자기계발서 저자들이 그의 영향을 받았던 것은 분명하지만, 그렇다고 해서 제임스 앨런의 저작들을 자기계발서라고 부르는 데는 무리가 따른다. 무엇보다 그는 인간을 둘러싼 정신적이고 영적인 조건들을 깊이 파고든 구도자였기 때문이다.

제임스 앨런은 레프 톨스토이의 가르침에 감명을 받아 대도시에서의 삶을 뒤로하고 잉글랜드 남서부의 한적한 바닷가 마을로 은둔했다. 그는 자발적인 빈곤과 검소한 삶을 선택했으며, 인간 존재의 본질을 탐구하고 영적 성장의 길을 모색했다. 작은 시골집에서 규칙적인 명상과 집필이라는 단순한 생활을 영위했던 그에게 책이란 생계의 원천인 동시에 자신의 깨달음을 나누는 소중한 수단이었다. 제임스 앨런이 죽은 뒤 출간된 유작의 서문에서 그의 아내 릴리 앨런은 다음과 같이 말하고 있다.

"그는 결코 이론들을 발표하기 위해서나 글쓰기 그 자체만을 위해 글을 쓰지는 않았다. 자신의 삶 속에서 그대로 살아보고 좋다는 것을 알게 된 교훈들을 건져냈을 때에만 글을 썼다. 그러므로 그는 스스로의 실천을 통해 검증된 사실들을 적었던 것이다."

제임스 앨런의 삶에서 《월든》의 저자인 헨리 데이비드 소로의 향기를 느끼게 되는 지점이다. 한마디로 그는 글쓰기를 포함한 생활 자체가 구도인 삶을 살았던 것이다. 어느 면으로 보나 그의 저작들은 '명상서'로 분류되는 것이 적절하리라는 생각이 든다.

그는 동양의 고전에서 많은 자양분을 얻은 것으로 보인다. 특히 이 책에서는 불교의 영향을 받은 흔적이 여러 군데 보인다(심지어 붓다의 말을 직접 인용하기도 한다). 제임스 앨런이 말하는 '위대한 인과법칙'이란 뿌린 대로 거두는 사필귀정의 법칙이며, 현생에서뿐만 아니라 여러 차례의 생을 거쳐서 관철되는 연기(緣起)의 법칙이다.

"성격은 행위라는 씨앗이 자라나 성장한 것이기 때문이다. 이런 씨뿌리기는 눈에 보이는 지금의 삶에만 국한된 것이 아니다. 그것은 수많은 탄생과 죽음이라는 관문들을 가로지르고 무제한적인 미래로까지 이어지는 무한한 삶을 관통한다."(32~33쪽)

이런 식으로 바라보게 되면 기독교에서 말하는 천

국과 지옥도 먼 곳에 있는 것이 아니다. 이번 생이든 다음 생이든, 이 세상에서 맞이하게 될 업보의 장이 곧 천국이며 지옥인 것이다. 당사자에게는 그런 상황이 운명처럼 느껴지겠지만, 결국 모든 것을 관장하는 인과법칙을 깨닫고 그에 따라 노력하면 자신의 운명조차 극복할 수 있다는 것이 제임스 앨런의 통찰이다.

이런 관점은 지나치게 소박하고 대책 없이 낙관적인 생각처럼 보이기도 한다. 그러나 자신의 일상 속에서 '살아보고 좋다는 것을 알게 된 교훈'만을 글로 쓴다는 철저한 실천적 구도의 관점에서는 너무나 자명한 진리였을지도 모른다. 모든 위대한 진리는 단순하고 명징하며, 그런 진리는 영적 명상을 통해서만 체득할 수 있다고들 한다. 그런 까닭에 제임스 앨런은 이 책에서 '위대한 인과법칙'을 설파하는 한편, 명상의 중요성을 강조하고 그 구체적 방법들을 제시하지 않았나 싶다.

불교에서 가져온 것처럼 보이는 또 하나의 중요한 관점은 '자아 죽이기'다. 제임스 앨런에게 자아란 진리로 나아가는 길을 가로막는 아상(我相)에 불과하다. 그는 각자가 집착하는 욕망과 편견을 떨쳐내고 자비가 주는 최고의 교훈을 겸손하게 배우라고 말한다. 그리고 그는 자아를 죽임으로써 '신성한 사랑'에 이르라고 부추긴다. 모든 인간의 가슴속 깊은 곳에는 신성한 사랑, 즉 무아(無我)의 사랑이 있으며, 이 사랑을 깨닫고 그 속에서 살면서 온전히 깨어 있는 것이 '지금 여기에서 불멸의 존재가 되는 길'이라는 것이다. 살아서 열반에 들게 된다는 의미이리라.

이 책에서 제임스 앨런은 불교뿐만 아니라 기독교를 비롯한 다양한 종교와 사상들과의 접점 또한 보여준다. 힌두교의 최고신 크리슈나의 말이나 중세 페르시아 시인의 시도 자유자재로 인용한다(감흥이 넘치면 스스로 시를 쓰기도 한다). 우리가 살고 있는 이 세계, 이 우주 자체가 불멸의 존재나 신일 수도 있다고 암시하는 대목들은 스피노자를 떠오르게도 한다. 아마도 제임스 앨런의 깊은 명상 속에서는 그리스도든 붓다든 크리슈나든 스피노자든, 그 모든 선각들이 여러 이름을 가진 하나의 존재였는지도 모르겠다.

《운명을 지배하는 힘》은 퇴락한 시골집에서 소박한 삶을 살다 갔지만 자신의 눈앞에 펼쳐진 대서양만큼이나 광대한 정신의 세계를 소요했던 한 성실한 영혼의 목소리가 담겨 있는 책이다. 제임스 앨런 특유의 아포리즘이 원문의 울림을 온전히 간직한 채 전달되었으면 하는 바람을 가져본다.

어떤 책을 번역하든, 여러 날을 고뇌하게 만드는 말들이 있다. 이 책의 경우 그것은 'selfless love'였다. selfless란 단어는 흔히 '이타적인' 혹은 '사심 없는'이란 우리말로 번역되는 단어지만, 이 책의 저자는 문맥상 '자아가 없는' 혹은 '자아를 죽인'이란 뜻으로 사용하고 있다. 고심 끝에 '무아(無我)'라는 불교 용어를 빌려 '무아의 사랑'으로 옮겼음을 밝혀둔다.

2014년 1월

이원

옮긴이 **이 원**

고려대에서 철학을 공부하고 서울대 경영학과를 졸업했다.
지금은 영화사 '타이거픽쳐스'에서 영화기획자로 활동하고 있다.
옮긴 책으로 《나의 관타나모 다이어리》,
《이그노어! 너만의 생각을 키워라》, 《롬니 이야기》 등이 있다.

운명을 지배하는 힘

1판 1쇄 발행 2014년 2월 10일
1판 2쇄 발행 2021년 11월 10일

지은이 제임스 앨런 | **옮긴이** 이원
펴낸곳 (주)문예출판사 | **펴낸이** 전준배
출판등록 2004. 02. 12. 제 2013-000360호 (1966. 12. 2. 제 1-134호)
주 소 03992 서울시 마포구 월드컵북로 6길 30
전 화 393-5681 | **팩 스** 393-5685
홈페이지 www.moonye.com | **블로그** blog.naver.com/imoonye
페이스북 www.facebook.com/moonyepublishing | **이메일** info@moonye.com

ISBN 978-89-310-0765-7 03840

◦ 잘못 만든 책은 구입하신 서점에서 바꿔드립니다.

문예출판사® 상표등록 제 40-0833187호, 제 41-0200044호